编委会主任　方　方
编委会副主任　贾爱英　丁　磊　张　立　陈　默　刘　颖
　　　　　　　李　伟　余　跃　杨　永
执 行 主 编　刘天舒　姬　懿
编委会成员（以姓氏拼音为序）
　　　　　　　陈　晨　黄博一　李　玥　孙　翀　王　华
　　　　　　　王丽君　熊　锦　易　鸣　尹海云　张　辉
　　　　　　　张　勇　赵鹏沄

燕园师韵

北大老师"讲述我的育人故事"

北京大学党委教师工作部 编

北京大学出版社
PEKING UNIVERSITY PRESS

图书在版编目（CIP）数据

燕园师韵：北大老师"讲述我的育人故事" / 北京大学党委教师工作部编. -- 北京：北京大学出版社, 2024.9. -- ISBN 978-7-301-35353-0
Ⅰ. I267.1
中国国家版本馆CIP数据核字第2024U8E396号

书　　　名	燕园师韵——北大老师"讲述我的育人故事" YANYUAN SHIYUN——BEIDA LAOSHI "JIANGSHU WO DE YUREN GUSHI"
著作责任者	北京大学党委教师工作部　编
责任编辑	董郑芳
标准书号	ISBN 978-7-301-35353-0
出版发行	北京大学出版社
地　　　址	北京市海淀区成府路 205 号　100871
网　　　址	http://www.pup.cn
新浪微博	@北京大学出版社　　　　@未名社科–北大图书
微信公众号	北京大学出版社　北大出版社社科图书
电子邮箱	编辑部 ss@pup.cn　　总编室 zpup@pup.cn
电　　　话	邮购部 010-62752015　　发行部 010-62750672 编辑部 010-62753121
印　刷　者	天津裕同印刷有限公司印刷
经　销　者	新华书店
	730 毫米 ×980 毫米　16 开本　20 印张　248 千字 2024 年 9 月第 1 版　2024 年 9 月第 1 次印刷
定　　　价	99.00 元（精装）

未经许可，不得以任何方式复制或抄袭本书之部分或全部内容。
版权所有，侵权必究
举报电话：010-62752024　电子邮箱：fd@pup.cn
图书如有印装质量问题，请与出版部联系，电话：010-62756370

序

我 1952 年来到北京大学,在未名湖畔问道求真已经 72 载。虽然我从课堂、讲坛上退下来已近 30 年了,目前只是不时做点讲座,但我始终关注着北大师生对高深学术孜孜以求,为新时代中国高等教育事业发展不懈追求的动态。现在我欣喜地看到,在我面前摆放着这样一本书稿,里面汇聚了 40 位不同学科领域的教师,他们用深邃的智慧、充沛的感情和朴实的笔触勾勒了他们传道授业解惑的育人故事与深切的经验体悟。捧读起来,真是篇篇启迪心灵、感人至深,反映了北大在中国,乃至世界教育史上的辉煌!

教育被赋予"立德树人"的神圣使命。在北大这片沃土上,每位教师都是这一使命的忠实践行者。他们是知识的传播者,更是灵魂的工程师。他们用自己的学识、品德与热情,点亮了一盏又一盏心灯,引领着一代又一代青年学子探索真理、追求卓越,在为国家、为人民,乃至为世界的道路上砥砺前行。

《燕园师韵》精选了 40 位北大教师的育人心得与真实案例。这些故事或温馨细腻,讲述着师生间超越血缘的深厚情谊;或激昂澎湃,展现着面对挑战时师生并肩作战的坚定信念;或睿智深邃,引领着读者思考教育的本质与人生的意义。这些故事全方位展现了北大教师在各自领域内陪伴学生探索知识、培养能力、塑造品格的华丽姿态。从中，我们不仅能够感受到北大教师对教育事业的无私奉献、执着追求的精神，也能深刻体会到他们在育人过程中的创新思维、人文关怀。

《燕园师韵》是对北大教师育人实践的记录与总结，更是对新时代教育理念的探索与展望。我们可以看到，在快速变化的世界中，北大教师以身作则，始终坚守教育的初心与使命，用自己的言行诠释着"爱国、进步、民主、科学"的北大精神，激励着学生们树立远大理想、勇于担当时代赋予的使命。他们不断创造教育的新模式、新方法，注重培养学生的创新思维、实践能力，鼓励学生敢于质疑、勇于探索，不断突破自我，努力成长为能够引领未来、造福社会的优秀人才。

自从1992年我为《金风折桂人》作序以来，这已经是第三次为类似的书籍写类似的文章了。北大是有希望的，真是长江后浪推前浪，"江山代有才人出"！

我诚挚地请大家来读读这本书，从北大教师那朴实无华、感人至深的故事里感受那份对知识的渴望、对真理的追求、对人生的热爱，寻找内心的共鸣！让我们一起为我国高等教育事业的进步鞠躬尽瘁，不负时代，强国有我，共同书写属于新时代的辉煌篇章！

2024年7月18日于抱拙居

王义遒，男，1932年9月生于浙江省宁波市，中共党员，北京大学教授、博士生导师。曾任北京大学常务副校长、教育部科学技术委员会常务副主任。1998年获评全国教育系统先进工作者，2023年获评"全国最美教师"。

目 录

敖英芳	以厚道德风，育医科人才	6
程曼丽	教学相长，师生共进——我的课堂故事	14
范后宏	数学育人的提问之道	22
封举富	薪火相传，弦歌不辍	30
付志明	漫步未名湖水畔，笃行不辍育人志	38
甘怡群	塑造未来：在花香弥漫的崎岖山路中引领学生成长	46
郭传瑛	做好学生成长路上的引路人	54
郭宗明	以生为本，用爱传承	62
韩　凌	教学相携相长，共赴生态文明的主战场	70
贺桂梅	见自己、见天地、见众生——在教书育人中探索人文学的想象力	78
黄季焜	育穗"三农"，耕读传薪	86
黄　炜	承前泽后，亦师亦友	94

孔桂兰	做一名怀瑾握瑜、海纳百川的好老师	102
李道新	山高水长的期待	108
李志宏	薪火相传，育学共长	114
刘宏伟	生命不息，育人不怠	120
刘鸿雁	草木有情，携手前行	128
卢庆彬	教学相长，我与学生共成长	136
罗　欢	以学生为中心的相处之道	142
吕　植	传道自然	150
裴　坚	在化学的世界里播种未来	156
钱永健	拓展无他，爱与榜样	164
尚俊杰	与学生一起成长	172
汤　帜	不拘一格，因材施教	180
汪　锋	语言学是一把钥匙	186
王广发	授渔、温度、担当与胸怀	194

王洪喆	从课堂通往世界	202
王跃生	传道重于授艺，育人贵在寻常	210
王志稳	愿将青春许孺子，甘为盛世做人梯	218
魏雪涛	让北大医学的光辉照耀祖国的边疆	226
向　勇	从花田来，到世界去——北大乡建人的双向奔赴	234
严　洁	倾听与引领：做学生成长路上的伙伴	242
燕继荣	做学生的朋友	250
占肖卫	师者如光，微以致远	258
张信荣	直面国家需求，勇担育人使命	266
张卓莉	大爱似无情，育人要尽心	274
赵冬梅	珍惜每一个学生	284
赵扬玉	传承有温度的医学教育	290
周小计	做一株小草，也做一棵大树	298
宗秋刚	传道授业，志在星辰大海	306

以厚道德风，
育医科人才

敖英芳

北京大学第三医院运动医学科教授、主任医师、博士生导师，北京大学运动医学研究所名誉所长、运动医学关节伤病北京市重点实验室主任，国家卫生健康突出贡献中青年专家，全国优秀科技工作者，教育部创新团队负责人，享受国务院政府特殊津贴。从事运动医学教研工作40余年，发起创建中华医学会运动医疗分会并任第三届主任委员、中国医师协会运动医学医师分会（创始会长）、亚洲关节镜学会（会长），曾任中华医学会常务理事。主持国家高技术研究发展计划（863计划）项目、国家科技支撑计划项目、国家自然科学基金项目等20余项，出版著作20余部，发表论文500余篇，以第一发明人获授权发明专利20余项。获国家科学技术进步奖二等奖、首届全国创新争先奖、吴阶平－保罗·杨森医学药学奖一等奖、"国之名医·卓越建树"奖等奖项和荣誉。

我从事医学教育工作 40 余年，始终工作在医疗、教学、科研第一线，是我国运动医学与骨关节镜微创外科领域的学术带头人。在担任北京大学第三医院副院长、运动医学研究所名誉所长、医学部党委书记和北京大学党委副书记期间，我也一直心系学生，始终秉承着"教书育人、立德树人、精勤笃行、厚道致远"的教育理念，致力于将思政教育融入教学的全过程。

实验室是科研育人的载体与平台，是学生培养工作的微学校、微课堂和微环境，也是研究生的又一"家园"。2009 年，我初任研究所所长，所里实验室为联合共用，难以满足学科快速发展建设的需求，研究生们常常需要借用其他实验室的仪器设备和场地做实验。为了学科发展建设，恢复并积极、快速地建设研究所的独立实验室，让学生们拥有自己的"家"，成为我上任后的首要任务。很快，运动医学实验室得以恢复重建，并开始高起点、高水平地发展，成为具有分子生物学、细胞生物学、组织形态学、生物力学与细胞微观生物力学、动物关节镜微创手术平台、三维组织细胞培养、活细胞动态观测、3D 生物打印等技术的研究平台，具有先进设施和完善制度的国际化实验室，总面积超过了 2000 平方米，配备了 3000 余万元的专用设备。实验室在恢复重建后的第三年（2013）获批北京市重点实验室，为研究所在 2014 年获批国家临床重点专科建设项目提供了良好保障。同时，实验室的建成也为"建设世界一流运动医学学科"的目标奠定了坚实基础。

2018年，在门诊带教指导学生（右一）

在教育教学方面，我始终把对学生的全方位培养放在首位，倡导为学生提供个性化指导，并将"科研教学、科研育人"的理念贯穿于学生培养工作全过程。我为医学部临床医学八年制学生讲授"关节镜及其临床应用"，为护理专业本科学生讲授"运动康复与护理"，在课堂教学中时刻牢记并践行"全过程育人"的培养教育理念。我的学生中有学术型与专业型硕士、博士、博士后，有七年制、八年制学生，还有在职研究生，对他们的培养形式与侧重点各不相同。我一直遵循因材施教的原则，结合学生的专业背景、临床需求以及研究现状，指导学生做真正有意义的事情，以保证大家共同成长和进步。我经常向学生们强调，发表文章要以科学研究的意义与价值为导向，而非以文章数量为导向，平时定期组织学生进行文献抄读和工作进展汇报，以让大家掌握领域内的最新研究进展和动态，并对学生课题研究中遇到的问题及时给予指导。我已指导

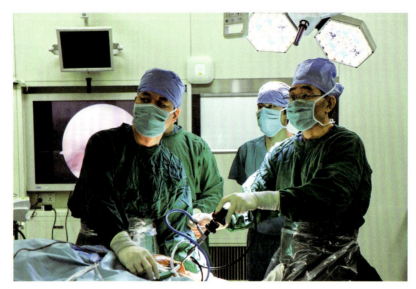

2018年，手术过程中带教指导学生（右一）

学生发表论文400余篇，其中包括SCI论文150余篇；出版著作15部，其中《运动创伤学》为首部专业学位研究生教材，《膝关节交叉韧带外科学》入选新闻出版总署"三个一百"原创出版工程。

我一直主张跨学校、跨学科培养学生，鼓励大家开展学科交叉创新研究，以营造培育临床医学、基础医学与理工学科交叉复合型青年人才的良好学术环境。为促进国际交流与合作，我带领团队与多个国家和地区的研究机构建立学术交流关系，并鼓励学生参加高水平国际学术会议，培养国际视野，提升个人能力。多名学生在国际专业会场上崭露头角，加入国际学术组织，得到了在更大平台上的锻炼机会。

我也在不断探索教改新模式，如制定教学质量持续改进制度，提出创新临床教育教学模式。我在带领科室在教学优秀科室评比及护理教学比赛中屡屡获奖的同时，培养了一批优秀青年临床教师。

其中，3人获北大青年教师教学基本功比赛一等奖，2人获北京市青年教师教学基本功比赛一等奖，3人获全国青年教师教学基本功比赛一等奖。我率先开展并连续25年举办运动医学微创外科学习班和国家级继续教育项目，制定国家内镜诊疗规范指南、制订运动医学专科培养方案，已培养学科骨干4500人。我发起创建中华医学会运动医疗分会、中国医师协会运动医学医师分会，主导在30个省份建立运动医学学术组织，以促进人才队伍建设，推动学科发展，为国家培养高质量运动医学人才。

我最想强调的一点是言传身教。研究生须跟随导师数年甚至更长时间，导师对于学生的教育与引导涉及工作、生活与成长的方方面面。老师要注重对学生品德、才能与见识的全方位教育和培养，不仅要关注学生在科研与临床方面的成就，更要注重培育综合素质高、能在未来立足社会并服务国家发展的优秀人才。在担任运动医学研究所所长的12年里，我始终把培养医生职业精神这一育人理念放在首位，并重点关注青年医师。从他们成为医学生开始，我就把树立正确的世界观、人生观、价值观视为医学教育的首要任务，将培养具有家国情怀和仁心仁术、护佑人民生命和服务健康中国的医疗卫生人才作为最伟大的使命和责任。

2018年，北大第三医院接受国家任务，设立了崇礼院区，要在做好2022年北京冬奥会保障工作的同时，为当地提供更好的医疗服务。我奉命出任崇礼院区院长，负责医院的建设和管理。其间，我不仅让学生深度参与科技冬奥课题，赴雪场进行实地调研，还亲自带领学生在院区参与冬奥会志愿服务，现场讲授国际冰雪赛事中运动创伤救治相关知识，借助冬奥会契机在实践中开展教学。我还通过开展义诊、科普宣讲及英语培训等系列活动，带领学生走入基

2022年冬奥会期间,负责医疗保障,赴雪场检查指导救治救援工作(左二)

层、了解基层、服务基层。作为人才教育培养的重要社会实践课,这些活动很有意义。冬残奥会期间,崇礼院区以实干担当践行医疗保障光荣使命,做到及时诊治、科学救治,实现零感染,圆满完成了张家口赛区的医疗保障任务,交出了冬残奥会筹办和本地发展两份优秀答卷。学生们则通过贴近冬奥会、服务冬奥会,进一步认识到了北大医学生的责任与担当,更加坚定了为国家医药卫生事业发展和健康中国建设努力学习、工作与奉献的决心。

我一直深信青少年是国家的未来,因此非常重视青少年的成长成才和思想政治教育工作。担任北大医学部党委书记期间,我坚持给学生讲党课,对高级团校同学进行社会主义价值观教育,以不断提高学生思想政治理论修养。我连续10年任中国卫生健康思想政治工作促进会医学教育分会会长，倡导全国医学教育系统开展思政与师德师风教育工作，充分发挥了在北医思政工作方面的引领作用。

  自 1997 年担任研究生导师起，我共培养硕士研究生 20 人、博士研究生 75 人、博士后 14 人。其中，10 人的毕业论文获评北大优秀博士学位论文，1 人获全国五一劳动奖章，2 人获评北京市科技新星，1 人获北大"学生五四奖章"，多人获优秀共产党员、三好学生标兵、医学部优秀住院医师等荣誉称号。我一直认为，学术是学科创新发展的原动力，学生是学科创新发展的生命力。作为导师，我将自觉做中国特色社会主义的坚定信仰者和忠实实践者，言传身教，践行北医人厚道的师德师风和医德医风，让学术精神永远传承下去，在改革创新中不断为国家培养高素质医学人才。

教学相长，师生共进

——我的课堂故事

程曼丽

北京大学新闻与传播学院教授、博士生导师，北京大学国际传播研究院名誉院长、新闻学研究会执行会长，中国新闻史学会名誉会长，国家社科基金重大项目首席专家，入选长江学者奖励计划特岗教授项目。主要研究领域包括新闻传播史、国际传播、国家战略传播，长期讲授"国际传播"课。出版《〈蜜蜂华报〉研究》《海外华文传媒研究》《对外传播及其效果研究》《外国新闻传播史导论》《从国际传播到国家战略传播》等著作多部，所著教材《国际传播学教程》被国内多所高校新闻院系使用，发表学术论文300余篇。获北京大学优秀共产党员（2021）、曾宪梓优秀教学奖（2020）、共产党员标兵（2012）等奖项和荣誉。

我长期讲授"国际传播"课程。因为教学、研究上的特殊性，我与国家主管外宣的部门保持着密切联系，参加会议，承接课题，提供决策参考建议。从 2003 年起，我受委托参与对国家各部委、各级政府外宣管理人员的培训，以及对主流媒体外派记者和孔子学院院长、教师的培训；近年又"走出去"，对"一带一路"共建国家中资企业负责人进行在地培训。这些经历对于我的课堂教学产生了极大的促进作用。

以理论研究反哺教学

在讲授"国际传播"课的过程中，我一向重视理论探索，尤其是具有中国特色的国际传播理论体系的探索，希望以自己的研究成果丰富教学内容。讲课时，我不是从书本出发，而是从国际关系格局变化的现状与趋势出发，同时结合中国自身的变化来分析国际传播现象，引导学生动态、发展、全面地看问题。讲课时，我不仅为同学们提供国际传播方面的知识和信息，也尽可能在认识论、方法论上给予他们正确引导，并亲自示范。近年来，我撰写了《新的国际关系格局下的国际传播》《以系统观念构建中国国际传播新格局》《国际传播中的元话语及其建构逻辑》《新时代中国价值的国际传播与国家形象建构》《打破西方话语体系 构建中国叙事体系》等论文

在北京大学做国际传播主题讲座

与报告。2021 年,我将近年撰写的有关国际传播和国家战略传播的论文、专栏文章结集出版(《从国际传播到国家战略传播——程曼丽研究文集》),并开始修订 2006 年由北京大学出版社出版的《国际传播学教程》(其第二版于 2023 年出版)。我希望以自己的研究成果反哺教学,引导学生关注国际政治格局的变化以及新时期中国国际传播面临的新课题,做好知识储备和应对准备。

以实践经验助力教学

2014 年,我开始担任北京大学国家战略传播研究院院长。2016 年 1 月,我带队访问巴基斯坦的卡拉奇、拉合尔、伊斯兰堡三座城市,就"一带一路"旗舰项目"中巴经济走廊"建设与巴基斯坦政

课堂上收到学生的生日祝福（右）

界、媒体、高校、智库有关人员进行交流。这一年，虽然"中巴经济走廊"建设已经从纸面走向现实，公路、港口、燃煤电站等项目陆续开工，但是通过实地调查我们了解到，巴基斯坦国内存在不同的政治派别，各派在中巴经济走廊路线图以及投资回报的利益分配方面存在不同看法，舆论也表现出一定的复杂性，包括对中国以及中巴经济走廊建设目的的猜测与误解等。针对这些问题，在卡拉奇外交关系委员会的安排下，研究院成员在卡拉奇和伊斯兰堡参加了两场媒体早餐会，就相关问题与各界人士交流，尽我们所能释疑解惑，表明中国的诚意与善意。研究院成员的巴基斯坦之行以及我们在媒体早餐会上的发言被巴基斯坦十余家媒体报道，评价全部正面。

　　基于在巴基斯坦调研中所了解的情况和发现的问题，2017 年 3

月，我撰写了关于对中国对外话语体系建设的思考等论文和报告，其中《"一带一路"对外传播话语体系构建与战略实施》一文得到党中央领导的批示。我将自己巴基斯坦之行的感受和思考拿到课堂上与大家分享，同学们不仅对巴基斯坦的舆论生态非常关注，还对区域国别传播以及中国对外话语体系建构等问题产生了浓厚的兴趣，他们纷纷建言献策表达自己的看法，其中一些观点很有启发性。

2019年，我受委托参加由外交部牵头的"一带一路"跨部委联合工作组，赴共建四国（印度尼西亚、马来西亚、孟加拉国、缅甸）考察，并对当地中资企业负责人进行形象管理和舆情应对方面的培训；2020年，继续面向"一带一路"共建国家中资企业负责人和使领馆工作人员进行线上培训。与此同时，我还应新华社、中央广播电视总台中国国际广播电台之邀与其驻外记者进行线上交流。

这些培训和涉外实践活动不仅丰富了我的个人阅历，也为我的教学工作提供了大量有价值的素材。我及时把它们编写成案例在课堂上与学生分享，以开阔他们的眼界和思路。

例如，在赴共建四国考察、培训回国后，我将自己收集的一手材料编写成案例"中国企业的国际传播"，图文并茂地在课堂上展示。我介绍了四个国家"一带一路"重点项目建设的情况，以及当地中资企业在形象管理和舆情应对方面面临的挑战，并结合具体事例提出自己的思考与建议。学生们在课堂上非常活跃，积极提问并主动发表看法，我们形成了有效的互动。

又如，在与新华社、中央广播电视总台中国国际广播电台驻外记者线上交流后，我整理出来一份他们提出问题的清单，包括"面对美国的制裁和舆论压力，我们应当采取怎样的反制措施？""如何助推'一带一路'建设，进一步讲好中国故事？"等。我把它们拿到课堂上来，鼓励学生参与讨论。在他们发表意见之后，我提出了自己的看法：面对新的国际涉华舆论环境，我们需要进行传播战略的调整，由被动避免冲突转变为主动应对冲突，进而为掌握话语权的目标努力。通过案例分析和问题解答，学生们对中国的国际传播实践及其面临的挑战有了更加深入的了解，也增强了这方面的责任意识。

以学生参与提升教学水平

在与学生的互动中我意识到，教师以一己之经历、经验丰富课堂教学固然有效，但是如果学生们能够参与进来，在实践中亲身感受并由此提升认知能力，效果会更好。因为长期受政府相关部门委托从事国际涉华舆情研判方面的工作，我拥有一定的资源并具备相关经验。为了给学生们"谋福利"，我向政府相关部门建议，组织研究团队，让在校学生更多地参与实践。我的建议被相关部门采纳。相关部门还为学生定期购入国外主流大报，供研读、研判之用，这也成为我和学生共同的"课外作业"。学生们热情很高，积极投入，在阅报过程中不仅提高了语言能力，还学会了撰写研究报告（一些报告提交后获得高度评价）。不少学生都基于对外报的研读、研判确定了学位论文选题。因为他们掌握了翔实的资料、数据，对西方媒体的涉华报道又有着深刻的认知与判断，所以他们的毕业论文也广受好评。

在开始接触这门课时，学生们头脑中或多或少存在一些模糊认识，尤其是对于西方学说和范式的膜拜，通过课堂和参与式学习，

接受记者采访（左）

他们逐渐破除了原有的迷思，建立了理性认识。许多学生表示，上完这门课，头脑清醒多了；有的学生毕业后选择从事对外传播方面的工作。

坚持从马克思主义的立场、观点、方法出发，立足中国社会现实以及中国国际传播前沿提出问题、解答问题，力求将理论与实践相结合，将学生培养与国家战略需要相结合，努力提升教学工作的质量与水平，是我对自己始终如一的要求。

数学育人的
提问之道*

范后宏

北京大学数学科学学院教授,曾任数学系副主任。研究领域为微分拓扑学、数学思想史。主持北京大学通识教育核心课程"古今数学思想"、北京大学教改项目"数学小班研讨课探索"和"数学本科生核心素养研究"。出版《数学思想要义》等专著。获北京大学第十二届"十佳教师"、2016年北京市师德先锋、2020年度兴证全球基金奖教金师德优秀奖等奖项和荣誉。

---

* 本文中部分内容已发表,参见范后宏:《数学本科生学术主导素养的培养》,《高等理科教育》2021年第3期。

数学教育的一个要义是用数学思维"唤起"人类理性中蕴含的伟大力量。数学思维需要数学素养。数学素养有五阶：数学知识、数学能力、数学思维方式、数学价值观、数学隐性知识。当前我国进入全面建成社会主义现代化强国的新发展阶段。在新发展阶段，我国数学本科教育的质量要达到世界最高层次，就需要特别重视数学高阶素养的培养，而"提问"是通向数学高阶素养的大门。

大数学家能提出意想不到的大问题：因为"意想不到"，从而改变了学科发展方向；因为是"大问题"，从而吸引了一批学者来研究。这种"提出意想不到的大问题"的能力是长期发展积累形成的。在本科阶段，培养学生提出一个好问题和进行学术评判的能力，是起点。基于此，我提出了以"提出问题"为首要的"数学本科生学术主导素养"的观念，其内涵有三点：第一，本科生提出问题的能力；第二，本科生对学科思维方式与学科价值观的深层理解；第三，本科生的讨论能力、多角度思维能力、评判性思维能力、反思能力和自主学习能力。

对提问价值的反思

人是"会思考的存在"。提问正是思考的不竭动力，推动思考一步一步地走向深远、走向广阔。

第一，提问与学科发展。对提出的问题的不断追问和反思可以

主讲"数学之美"系列讲座

引导学科不断地发展,最后可能会促成学科的大飞跃。例如,在数学史上,对"欧几里得第五公设能否由欧几里得第一、二、三、四公设一起推出"这一问题大约两千年的不断追问和反思,促进了黎曼几何学的诞生。对"三等分任意角"这一问题大约两千年的不断追问,可以引申到伽罗瓦理论。对"虚数是否存在"这一问题几百年的不断反思,促进了对"数学存在"的反思和理解的大飞跃。

第二,提问与学术领导力。一个人提问,另一个人回答,就形成了两人之间的对话。回答往往又能引出新的问题,更多人参与,就形成了多人之间的讨论。反复地讨论、辩论、评判和反思就催生了新的认识,推动了学科的发展。在这个过程中,始终提出论题的人往往把握着学术发展的方向,从而自然地形成了学术领导力。因此,在引领学术发展的方向上,提问比回答重要得多。

第三，提问与学生的人格发展。提问与人格发展密切相关。学生自己提问能唤醒学生的自主意识，能保护学生的好奇心和兴趣，能增强学生的自信心和探索的勇气，能培养学生的独立思考能力、多角度思维能力、评判性思维能力和反思能力。因此，对于学生的人格发展来说，提问题的意识、习惯和能力是十分重要的。

本科生学术主导素养培养方法

在教学实践中，培养学生的提问能力、深层理解能力、讨论能力、评判性思维能力和反思能力的各个过程，往往是相互依赖、相互促进的。对于本科教学，从学生人数来看，可以分为三大模式："一对多"的大班、"一对少"的小班和"一对一"的辅导。在"一对多"的大班课堂教学中，由于学生人数众多和课时有限，一般来说，很难做到让每位学生都有充足的时间来解释自己提出的问题，并且与老师展开对话，与同学展开讨论。因此，"一对多"的大班课堂教学模式不太适合有针对性地培养本科生的提问能力。"一对一"的教学模式由于没有其他学生参与，不太适合有针对性地培养本科生的讨论能力。为了同时培养本科生的提问能力、深层理解能力和讨论能力，可以精心细致地设计"一对少"（20人以内）的小班课堂教学模式，具体操作如下：

第一，要求学生独立提出问题，以此培养学生提问的意识与能力。

第二，根据每个学生提出的问题，老师推荐适合该学生接受能力的学习资料，要求学生在课外学习并写出学习笔记，以此培养学

年轻的中国代数拓扑学派成员合影（前排中）

生的自主学习能力和深层理解能力。

第三，要求学生选择某个日期在讲台上讲清楚自己提出的问题和学习笔记，以此培养学生的口头表达能力、板书表达能力、解释问题能力，以及分析与解决问题能力。

第四，讲解后，要求所有学生讨论、评价、分析和辩论，以此培养学生的讨论能力、多角度思维能力、评判性思维能力和反思能力。

第五，对于讨论中涉及的一些重要问题，老师要有选择地、启迪式讲解其背后的思维方式、价值观、多方面的联系、历史发展过程等，以此引导学生对学科思维方式和学科价值观形成深层理解。但是，老师要注意控制自己讲解的时间，不要占用过多的课堂时间，要留足课堂时间让学生们提问、回答、讨论和辩论，让学生们

和学生一起游长城（左三）

在实践中发展出自己的学术主导素养。

第六，在学生们讲解和讨论的过程中，老师要注意细致地观察每个学生的基本功、思维方式、天赋、兴趣等个性。然后，老师在课外时间要与学生一对一地交流，对学生进行个性化指导。这种面对面的一对一交流可以传递数学隐性知识。

本科生学术主导素养培养效果

上述有针对性地同时培养本科生学术主导素养三个方面的教学方法的效果到底如何呢？从学生们的反馈中总结出来的显著效果有：

第一，学生对学科知识的发展过程有了历史性的理解。

第二，学生能把各部分知识联系起来，对学科知识体系有了整体性的理解。

第三，学生对学科思维方式和学科价值观有了深层的理解。

第四，学生得到了一对一的个性化指导。老师针对每个学生提出的问题推荐适合学生现阶段阅读的书籍等文献，这使得学生的自主学习效率大大提高。

第五，学生在阅读过程中学会了耐心思考前后要点的关联，整理出要上台讲的学习笔记，主动地进行深层思考并形成了深层理解，大幅提升了自主学习能力和反思能力。

第六，学生通过上台讲解，不仅能更加深入地理解所讲的内容，而且还提升了自己的口头表达能力、板书表达能力、解释问题能力，以及分析与解决问题能力。

第七，学生在与同学们讨论和辩论的过程中，提升了自己的提问能力、讨论能力、多角度思维能力和评判性思维能力。

第八，学生认识到，能提出一个好问题与具备评判性思维能力密切相关，并且只有提出好问题才能主导学术发展的主要方向，形成学术领导力。

本科生学术主导素养可以被看作是理科本科生应具备的能够适应学术发展的必备品格和关键能力的一部分，体现了"中国学生发展核心素养"在理科大学阶段有关学术发展的一部分。从现实意义上来看，本科生学术主导素养为当前把我国本科数学教学质量提升到世界最高层次提供了一个着力点和抓手。从实践意义上来看，以学生自己提出问题为首要的小班课堂教学模式可以快速、显著地提升数学专业的本科生学术主导素养。

薪火相传，弦歌不辍

封举富

北京大学智能学院教授、博士生导师，中国人工智能学会机器学习专业委员会副主任，入选教育部新世纪优秀人才支持计划（2005）、全国高校计算机专业优秀教师奖励计划（2023）。长期从事模式识别与机器学习、生物特征识别及其应用研究。在国内外学术期刊、会议发表论文100余篇。获第一届亚洲计算机视觉会议优秀论文奖（1993）、中国高校科学技术奖二等奖（2000）、公安部科学技术奖二等奖（2012）、第四届亚洲模式识别会议最佳海报论文奖（2017）等奖项。

我来自北京大学智能学院。2024年刚好是我在北大学习工作的第40个年头。大学期间，我有幸聆听了石青云老师的学术讲座，那一场思想的火花，点燃了我对知识的渴望和对学术的热爱，促使我报考了石老师的研究生，并在毕业后选择留校，继续在这片沃土上耕耘。随着许多人选择出国深造，我就成了石老师弟子中"留守"北大的"大"师兄。这份坚守，是对学术的执着，更是对北大深厚的情感。在实验室这个大家庭里，既有我的学生，也有石老师的学生。大家相处非常融洽，在科研之余我们经常通过打乒乓球等运动放松身心，我们的团队还获得过北大信息科学技术学院"LAB杯"乒乓球赛的冠军。我们坚信，科研与体育的本质一脉相承，都需要迎难而上的勇气、坚持不懈的努力和创新合作共赢的团队精神，把这些品质理解透彻并贯彻到日常工作中，科研的征途一定是光明的！

因材施教

每个学生的基础和兴趣各不相同，因此老师需要结合每个人的具体情况，因材施教。王立威是石老师招收的最后一届博士生，2002年石老师去世后，就由我来指导他。他非常有想法，对机器学习理论非常感兴趣，但是进展不大。我们经常一起讨论他的博士论

指导学生（前排中）

文选题，最后决定先从人脸识别入手。他硕士毕业于清华大学，有很强的科研能力。因此，我放手让他带领两个硕士生进行研究，有时也会提出一些建议，更多时候扮演的是一个提问者。没过多久，他就在国际权威期刊发表了多篇论文，还获得了北大"石青云院士基金优秀论文奖"。他现在是智能学院的教授，不仅获批首届国家自然科学基金优秀青年科学基金项目，还是首位获得"人工智能十大新星"（AI's 10 to Watch）奖项的亚洲学者，成为人工智能领域的杰出学者。

科研之路从来都不是一帆风顺的。科研中有一个个难题，生活上也会面临各种各样的困难。这时候，学生最需要的是鼓励和帮助。我的一个博士生家庭经济困难，在本科阶段申请了贷款，博士学习期间曾中途回家，一度想放弃学业。我通过邮件多次与他沟通，后来他回到学校，在我的悉心开导和帮助下，不仅还清了贷款，也顺利完成了学业。另一个博士生非常聪明，但是因为个人感情问题，迟迟无法进入研究状态，两次延期毕业。我从没有放弃他。他在大家的鼓励和帮助下，历时七年，最终完成了博士学位论文，而且他的研究工作对我们后续的研究发挥了关键作用。

接力攻关

石青云院士是我国模式识别领域的开创者之一，自20世纪80年代开始便致力于研发自动指纹识别系统，他的工作取得了达到国际领先水平的成果，引领了这项技术在国内的广泛应用。2002年，石院士离世，他留下的科研火炬传递到了我的手中。作为北大自动指纹识别系统研发工作的负责人，我深知这份责任的重量和意义，继续在石院士铺就的道路上前行。

指纹具有唯一性和终生不变性，是鉴定个人身份的一种重要手段。目前，指纹识别已经广泛应用于考勤、指纹锁、身份证、护照以及刑侦领域等。经常有学生问我：指纹识别既然都已经应用这么广了，还有什么问题值得研究呢？确实，在环境可控、使用者配合情况下的指纹识别，比如手机上的应用，准确率非常高。但是，在环境不可控、使用者不配合情况下的指纹识别，准确率还不高。我对学生说：容易的差不多做完了，剩下的都是难啃的硬骨头。因此，对科研一定要有热情，才能长期坚持，迎难而上。

现场指纹全自动识别就是一块难啃的硬骨头。所谓现场指纹是指犯罪分子在作案现场遗留下的指纹，因受到各种背景噪声的干扰，图像质量非常差，细节特征点提取工作非常困难，需要人工手动标注，即使指纹专家也要花很长时间来仔细辨认。事实上，现场指纹全自动识别一直以来都是指纹识别研究中的一个"open problem"。2003 年，我去海南出差。海南省公安厅的一个小姑娘对我说："封老师，你们这个自动指纹识别系统只能叫半自动指纹识别，因为还要我们手动去标注现场指纹的细节特征点。"所谓指纹就是指手指上的纹线，纹线的端点和两条纹线的交叉点被称为细节特征点。指纹的唯一性恰恰就是由这些细节特征点所决定的。这也激励我们去努力攻克这个难题。10 年过去了，我们提出了一系列方法，但是进展都不大。

2013 年，我了解到以深度神经网络为代表的新一代人工智能技术在图像识别方面取得了突破性进展，我坚信这项技术能够为我们的难题提供解决方案。于是，我把这一挑战交给了汤瑶和高飞这两位极具潜力的学生。深度神经网络训练需要大量高质量的标注样本，但我们手头的数据不多，质量也参差不齐。最初，他们训练的网络模型效果不好。面对这一困境，我鼓励他们大胆创新，另辟蹊径。"数据不够，知识来凑"，我告诉他们，如果能利用领域知识来指导设计网络，用较少的样本也可以训练好。

经过不懈努力，我们终于在 2016 年提出了结合领域知识的指纹网络 FingerNet，在国际上首先实现了现场指纹细节特征点全自动提取。随后，在硕士生刘宇航、李瑞麟和博士生吴嵩、王政等人的努力下，我们不断对算法进行迭代和改进，最终推出了新一代北大 AI 指纹识别算法，其表现能够媲美甚至超越指纹专家。这一算法出现之初，很多指纹专家都不敢相信。2022 年，我国公安部开展了命案积案攻坚行动。全国 45 位指纹专家利用我们的算法比中了 2500 余对指纹，涉及命案积案 1000 余起，其中有大量二三十年前的历史性命案积案。相关事迹被《人民日报》《科技日报》等主流媒体报道，专题报道文章《一枚血指纹，北大团队助力 36 年前命案破获！》被竞相转发，一度冲上新浪微博"热搜"榜第二名，阅读量上亿次，赢得了社会公众广泛赞誉。薪火相传，北大指纹识别技术凝聚了三代人的心血和汗水，其中不仅有技术的传承，更有精神的延续。我们的团队正在这种精神的指引下，不断前进，不断创新。

在北大学习和工作 40 年，我深感幸运。有幸遇见石青云恩师，带我进入科研的殿堂；有幸遇见一群才华横溢的学生，与我一起在科学的迷宫里探索。在这里我要衷心地说一声，谢谢你们！

漫步未名湖水畔，
笃行不辍育人志

付志明

北京大学外国语学院副院长、阿拉伯语系教授，教育部高等学校外语专业教学指导委员会阿拉伯语分委会副主任委员，中国阿拉伯语教学研究会会长，高校区域国别学联盟联席理事长。从事教学工作33年，长期主持本科生的"基础阿拉伯语""阿拉伯语语法"课程，担任中国国际电视台访谈栏目嘉宾。出版《阿拉伯语语义研究》《简明阿拉伯语书法教程》《阿拉伯语基础听力教程（第一册）》等著作。获国家级教学成果奖二等奖，北京市教学名师、高等教育教学成果奖一等奖，北京大学共产党员标兵等奖项和荣誉。

时光荏苒，我在北京大学外国语学院阿拉伯语系任教已经有33年了。我的视频号"环湖人"，得名于办公地点毗邻未名湖——我常漫步思考、工作倚靠的宁静之地。未名湖见证了我的成长，我常望着湖面思考，倚靠湖岸工作。未名湖和我在外国语学院阿拉伯语系的育人故事紧紧相连，我的故事就从未名湖说起。

未名湖对周边生灵的滋养是无声的，我也一直怀着这样的信念，即教育是一个灵魂引领另一个灵魂，因此我身体力行，全身心投入育人事业。上大学的时候，班主任谢老师带着我们登长城、爬香山、骑行十三陵，引导我们努力学习、快乐生活，那段时光让人终生难忘。北大良好的学习气氛、和睦的师生关系、互助的同学情谊塑造了我坦然面对困难、融洽人际关系和豁达待人接物的性格。从教后，我也像谢老师一样，常常深入同学们，与他们交谈、探讨，帮助他们精进学业、健全人格。于我而言，育人是这个世界上最重要的使命。在此信念的支撑下，我对教师这份工作始终怀着饱满的热情。从教以来，我始终坚持为大一本科新生上课，每周不少于8节课。这让我能离学生们更近，及时关注他们的动态，在日常的一言一行中努力为他们做好表率。我带领学生们赴阿拉伯国家调研时，一位学生扭了脚，我们就用轮椅推着她一起走、一起看，不让任何一个同学掉队。每走近学生一步，学生们都一定更多地向我奔赴。因为经历过初学阿拉伯语时的艰难，所以在成为老师之后，我时刻提醒自己，要以学生为主，结合自己以前的学习体会，不断改进教学方式。现

参加第十二届中国－摩洛哥文化与教育交流国际学术研讨会

在常常感慨时间太少，和学生们相处的机会也少了。但即使这样，我依然会利用一切机会，包括在线上，和大家沟通，倾听学生们的喜怒哀乐，无形中我们变得更亲密无间了。时至今日，我可以自豪地说，和学生们互相成就、融洽的师生关系显著提升了教学质量，我的学生们也迅速成长为阿拉伯语相关领域的领军人物。

未名湖在不断地流动与更新，保持着其动人的美景。对于外语学科来说，我坚信引领创新是永恒的使命。在人工智能快速发展的当下，思变、求变是必须面对的重要课题。北大是一所顶尖的综合性大学，其外语教学应该更多地利用这种综合性优势和深厚的文化底蕴，所以我认为，北大的外语学科必然有更多元的发展空间并能与更多学科融合、交叉，外国语学院更应该在综合改革的大潮中，发挥引领作用，让更多喜欢外语的学生得到专业化训练。我把这些思考付诸行动，推动了一批外语教学与相关专业结合的改革项目落

参加庆祝中华人民共和国成立 70 周年
群众游行活动

地。从 2011 年开始，北大涌现出外国语言与外国历史、外国语言与外国考古、外国语言与国际传播、涉外法治人才等多个跨学科项目。2019 年，我开始推动多语种国际化卓越外语人才实验班公共外语人才教学项目落地，目标是不断拓展"专业 + 外语"的"一精多会，一专多能"人才培养模式。我相信这样的结合能够带来巨大的想象空间，真正培养出国家需要的引领性人才。这几年的实践也证明，这样的探索取得了喜人的成果。参与这些项目的不同专业的北大学生成绩优异，展现出了优秀的学术能力，这同时也鼓励了外国语学院的同学开拓进取、不断探索。"走近语言、走进文学、走遍文化、走出社会"的理念与实践教学模式逐渐得到同行们的认可。北大是常为新的，我们的学科建设曾经多次引领全国的学术与教育发展，在新时代新征程上，我相信引领创新是我们推动教育高质量发展的必选项。

未名湖在开放包容中保持着活力，"问渠那得清如许，为有源头活水来"。如何迎来更多的活水？我认为开放是必由之路，尤其是对于外语人而言，开拓、开放、包容的沟通也是我们的职责所在。我会在学生们一入学时就教会他们用阿拉伯语说"服务中国人民与阿拉伯人民"，我也支持学生们制作宣传视频，呼吁和平，关注时代，通过官方或民间的宣传渠道把我们的中国智慧传递出去。要开放，就要打开对外交流的大门，让学生们走出去，也把国际友人请进来，让北大成为国际人文交流的重要平台。"中阿跨文化交流之路"项目自2015年起就成了中国与阿拉伯精英大学生之间的沟通网络。基于此，我们和学生们利用各种假期走访、调研埃及、约旦、卡塔尔、沙特阿拉伯、阿联酋、土耳其等国家，走进基层，探访大学校

陪同客人参观阿卜杜勒·阿齐兹国王公共图书馆北京大学分馆中阿书法展览（左一）

生活照

园,了解涉外企业,搭建沟通网络。我们组织了"北大－中东青年对话论坛""中阿文明对话会"等活动,为青年学生创造了更多置身其中了解世界的机会。我认为,要开放,首先要视野宽广,这要求阿拉伯语系的师生不仅仅关注阿拉伯国家,同样应该积极向其他开展中东研究和阿拉伯研究的顶尖大学学习,所以我们的脚步从不受限,英国牛津大学、美国乔治敦大学等一系列世界顶尖大学都曾留有我们的足迹。在开放中绝不能缺少宣传的声音,我在中国国际电视台阿拉伯语频道筹建初期积极建言献策,身体力行,并以嘉宾的身份参与《对话》栏目和直播等活动,宣传中国改革开放的经验与中华民族复兴伟业。在交流的过程中,师生们用所学的外语传递的是思想,启发的是思考,而这正是语言学习的意义所在,也是北大外国语学院未来外语教学的思路所在,更是外语学科像未名湖一样始终清澈如许、风光无限的动力所在。

未名湖见证着我为党育人、为国育才的人生志向。习近平总书记多次强调,全面贯彻党的教育方针,落实立德树人根本任务,培养德智体美劳全面发展的社会主义建设者和接班人。为了让学生们都能成为全面发展的复合型人才,除了丰富的学识外,我努力引导他们树立坚定的政治信仰,强化实践能力。我多次带领本科生上好暑期思政实践课,和大家一道用脚步丈量祖国大地,在田野调查中向他们讲述前辈们的入党故事与斗争伟业。回到日常的课程中,我在外语教学中融入更多课程思政元素,对社会主义核心价值观进教材、进课堂、进头脑进行积极探索。对于信仰,更须以身作则,我作为全国高校"双带头人"教师党支部书记工作室负责人,在专业教育、教学改革、思政育人、国际合作等领域多管齐下,秉承"赓续红色基因,坚持培根铸魂,传播中国声音"理念,推动专业教育与思政教育的有机融合。为了更好地育才,我们阿拉伯语系的老师连续多年举办北大阿拉伯语专业本科生学术论坛、全国阿拉伯语专业研究生论坛,以促进各高校阿拉伯语专业学生的学术交流;举办全国范围的阿拉伯语征文比赛、阿拉伯文书法比赛、中阿翻译比赛等一系列专业相关高级别赛事,以为学生们提升专业能力、培养学术志趣、提高学术能力搭建平台。多年下来,硕果累累,我很高兴看到学生们茁壮成长,享受在北大求学问道的乐趣。

桃李不言,下自成蹊;未名不语,湖畔生辉。从青年到中年,从学生到教师,我以前辈们为榜样,在追求卓越的道路上努力前行。未名湖见证了我的成长,在燕园里问道、教书、育人是我一生的追求,我对未名湖畔的一草一木都充满着感情。我爱这里,更珍惜能在这里教书育人。

塑造未来：
在花香弥漫的崎岖山路中引领学生成长

甘怡群

北京大学心理与认知科学学院教授、学科带头人之一，中国心理学会行为与健康心理学专业委员会主任委员，国际应用心理学会（IAAP）会士、健康心理学分会理事长，美国心理学会（APA）健康心理学分会杰出国际会员；担任 SSCI 国际期刊 *Applied Psychology: Health and Wellbeing*（IF=6.9）共同主编，《心理学报》《心理科学进展》和 *Journal of Pacific Rim Psychology*、*Psych Journal* 副主编。主要研究领域包括应激应对、健康心理和移动健康干预等。主持多个国家级科研项目，研究成果产生重要学术影响。发表论文 180 余篇，近 5 年来在 *Psychological Medicine*、*Neuroscience and Biobehavioral Reviews*、*Journal of Anxiety Disorders*、*Journal of the American Medical Directors Association*、*Health Psychology* 等高影响力期刊发表论文 80 余篇。获北京银行教师奖，北京大学优秀共产党员、教学优秀奖、优秀教学奖，北京大学正大奖教金、中国工商银行奖教金等奖项和荣誉。

1999年秋天，我回到母校北京大学，正式成为一名光荣的大学教师。站在燕园的土地上，回到熟悉的心理学系，时光仿佛在这一刻凝固，过去与未来的画卷缓缓展开。孟昭兰、陈仲庚、沈政等老一辈心理学系的教师不仅镌刻在我的记忆中，也成为我前行的动力。他们用一生诠释了学者的风骨、教育者的使命，这份精神财富如同一股清泉，滋养着我内心的热土，让我在学术的征途上勇往直前，同时也不断回报社会，传递着北大人那份独有的人文关怀与社会责任感。

正是基于这份深厚的情感积淀，我在2007年宣读入党誓词的那一刻，感到格外庄重与神圣，仿佛在历史的长河中，一滴水融入了更广阔的海洋，个人的梦想与国家的复兴开始紧密相连。那一刻，我深刻感受到，作为一名教师，我的职责在于传授知识，更在于引领学生树立正确的价值观，培养他们成为有担当、有情怀的时代新人。而作为一名党员，我将这份承诺升华，把个人的追求融入更伟大的事业，用实际行动践行初心，让党旗在心中永远高高飘扬，成为指引我前行的永恒灯塔。

多年以来，我始终铭记着这份承诺，不忘肩负的时代重任和历史使命，坚守立德树人的教育目标，时刻感党恩、听党话、跟党走，不断提升自己的思想境界和道德修养。我也深知，教育不仅是传授知识，也是塑造灵魂、培养品格。因此，我始终坚持以德育人，教学相长，严于律己，用行动诠释一个教育者的责任与担当，努力用我的一举一动，在学生们心中播下正直、勇敢、善良的种子。

2023年9月，在欧洲健康心理学大会开幕式上致辞（右）

以学术伦理，引领科研正道

在教育学生方面，我非常关注对学生的学术伦理教育。对于每个踏过大学门槛的学生来说，规矩和纪律就像是航海图，指引着我们在学术的海洋中安全航行。在我负责的"高级心理统计学"和"科研交流与写作"两门课程里，科研伦理是贯穿始终的重要主题。身为学院伦理委员会副主任和学校伦理委员会委员，我深知自己的责任，那就是培养每位学生、将来的学者，都把学术伦理看作是职业生涯的底线。

在我的课堂上，我努力做到不只传授知识，更重要的是，传递一种态度——对学术研究的尊重。我通过结合讲解和案例分析的方式，让每个学生都能参与讨论，这样能增强他们的兴趣，更能让他们深刻理解科研伦理的重要性，知道哪里是绝对不能触碰的"红线"。我常常提醒学生们，学术伦理就好比我们的生命线，一旦越界，可能就意味着学术生涯的终结。我希望通过我的教学，这些原则能深深植根于他们心中，成为他们科研道路上的指南针。

看到学生们从对于伦理规则的书面学习，到开始主动思考如何在实践中遵守这些规则，我感到无比欣慰。通过组织学生进行案例讨论，我还建立了立德树人科研伦理案例库，并产出了若干成果，例如2022年，"心理学论文写作"获批北大课程思政示范建设项目，"心理学研究和写作的学术伦理规范"获批北大课程思政教材建设立项项目。

以教育之光，绘制心理健康的和谐社会画卷

在育人工作中，我努力将社会的呼唤融作每一堂课的灵魂，期望以教育之光，照亮学子心中的理想与责任。我坚信，教学过程不仅是传授知识的殿堂，也是培养未来社会栋梁的摇篮。因此，我全身心投入，精心设计了"大思政课"，以引领学生将书本上的知识转化为社会服务的行动，让心理学知识走向社会、温暖人心，提升全国人民的心理健康水平，共同绘制和谐社会的美好画卷。

在这一理念的引领下，"数码干预促进压力下的心理健康与研究论文写作"本科教改课程项目应运而生。我以小组作业的形式，引导学生开发对大众有用的数码干预程序。在我和选修这门课的全体学生的共同努力下，一个个干预程序相继诞生，共计16个数码干预程序逐一通过有效性验证。学生们学以致用，更在团队合作中磨

砺了意志、增长了才干，感受到了自己的知识真正为社会做出了贡献。这份成就感如同甘露，滋养着他们的心田，激发了他们对科研无尽的热爱。我有幸见证，更有幸参与，并精心打磨他们的智慧结晶。最终，四组作业成果在国内外学术期刊上绽放光彩，成为知识与实践完美结合的证明、青春与梦想绚烂交织的华章。

这一切努力与付出得到了回报：2022年，我获得北大教学成果奖。这是对我个人教育理念的认可，更是对所有参与其中的学生、教师团队以及支持者的巨大鼓舞。我们共同书写了一段关乎梦想、责任与成长的传奇，它将激励更多人投身伟大的教育事业，用知识点亮未来。

以文化交流，培育具有全球视野的心理健康研究者

在专业研究工作中，我注重通过国际交流开阔学生的视野，倾力打造了"临床与健康心理学专题"课程。为响应国家"一带一路"倡议，在北大国际合作部、研究生院与教务部的鼎力支持下，我的课堂成了世界各地智慧之光的聚集地。每次课程中，我都会邀请三位至九位外国知名学者授课，他们以其洞见和前沿知识，向学子们展现了临床与健康心理学的魅力。

学生们热情洋溢的反馈，是这一系列课程最生动的注脚。他们表示，这些课程如同一扇扇通向世界的窗户，让他们有机会与国际顶尖教授面对面交流，感受最前沿的科研脉动。这不仅拓宽了学生们的研究思路，也激发了他们投身科研的无限热情。由此，学生们不仅学到了国际领先的专业理论和科研方法，也对前沿课题和临床

2022年，与博士新生参观北京大学校园

应用有了更为深刻的理解和认识。

我的实验室也已成为多元文化交融的殿堂。除了中国的优秀学子，还有来自加拿大、美国、印度、德国、韩国等国家和地区的精英学子。他们有不同的文化背景，为研究文化对应激和健康的影响贡献了独特的视角和灵感。这种跨文化交流不仅为我们的研究带来了无限可能，也为学生们提供了一个锻炼跨文化沟通能力的宝贵平台。

2019年，我的一位博士生踏上了德国不来梅的土地，与那里的学者共同探讨学术的奥秘；而德国不来梅雅各布大学的博士生也在同年来到我的实验室，与我们携手共进。双方的合作如同跨文化之花绚烂绽放，孕育出了7篇沉甸甸的合作论文，每篇论文都闪耀着智慧的火花，见证了学术的魅力和合作的力量。

岁月流转，但这份对教育事业的热爱与对培养学生的期待，从未改变。25载春秋，我始终坚守着一个信念——教育，是知识的传授，更是对灵魂的塑造、对生命的尊重与呵护。我坚信，每个学生都是独一无二的存在，他们各有个性和特长，就如同繁星点缀夜空，各有其辉，各美其美。因此，我致力于让每位学生都能在学业与生命的旅程中，找到属于自己的璀璨。

在这悠悠岁月中，我有幸成为140多位硕士、博士研究生的导师，陪伴他们走过青涩的学习生涯，见证他们从懵懂走向成熟、从求知若渴的学子成长为社会的栋梁。他们中，有人荣获北京市优秀毕业生称号，有人的毕业论文获评学院优秀博士学位论文，这份荣耀是他们的汗水与智慧的结晶，也是对我的教育理念的最好注脚。有16位学生如今在国内外的高等学府中传道授业解惑，成为新一代的知识传播者，其中两位获评"青年英才""旗山学者"，他们如同星辰大海中的点点灯塔，照亮了后来者的道路。在我的学生中，还有许多人成为中小学教师，用心浇灌着祖国未来的栋梁；有的人则在企事业单位发光发热，以实际行动诠释着责任与担当。每位学生无论身在何处，都是我心中闪亮的星，他们用自己的方式书写着生命的华章，践行着我对教育的期许——关注生命，以人为本，追求对快乐与幸福能力的缔造与培植。

这25年的教育之路，是一段充满挑战与喜悦的旅程。我深感荣幸，能够见证并参与这些年轻生命的成长，与他们一同探索知识的海洋、追向梦想的彼岸。未来的日子，我将继续秉持这份初心，用心去倾听每颗心灵的声音，用爱去滋润每朵生命的花，让教育的光芒照亮更多人的前行之路。

做好学生成长路上的引路人

郭传瑸

北京大学口腔医学院教授、主任医师、博士生导师，国家卫生健康突出贡献中青年专家，享受国务院政府特殊津贴；曾任北京大学口腔医院院长，现任中华口腔医学会会长、中国医师协会副会长。主要研究领域包括口腔颌面部、咽旁颞下区及颅底肿瘤的诊断和手术治疗，口腔癌转移机制研究，数字外科技术在颅底区肿瘤诊治的应用及颅颌面辅助手术机器人的研发。主持国家级课题10项、省部级课题7项，近10年来持续主持国家高技术研究发展计划（863计划）和北京市科学技术委员会资助的颅颌面机器人研发项目，研发出两个辅助手术机器人样机，其中软件部分已经实现转化，打破了国外的技术垄断。发表论文230余篇（含SCI论文96篇），发明专利8项（转化2项）。获国家科学技术进步奖二等奖、高等学校科学研究优秀成果奖自然科学二等奖等奖项。

"师者，所以传道受业解惑也。"我是北京大学口腔医学院郭传瑸老师。身为医学院教授，同时也是一名医生，"师者"二字于我多了一层专业含义。医学院的学生们在理论知识学习、科学研究工作之外，还需要在临床中承担诊疗任务、钻研医术。因此，作为他们的导师，我工作中最为重要的部分是临床诊疗带教和科研课题指导。所有这些工作都离不开"传道授业解惑"这一主题。

深耕颅底肿瘤疾病，发展数字化精准诊疗技术

口腔颌面部肿瘤，尤其是颅底肿瘤的治疗是我数十年来为之倾心竭力的研究方向。从医执教 30 年间，我培养了 10 余名硕士生、30 余名博士生，他们与我一同在这被称为外科"皇冠上的明珠"的颅底肿瘤治疗领域摸爬滚打。颅底外科是涉及神经外科、耳鼻喉头颈外科、口腔颌面外科、眼科、整形外科等多个学科的交叉学科。颅底－咽旁颞下区解剖结构复杂，其中诸多重要神经血管交错，此区域发生的肿瘤大多不能被早期诊断，因此手术治疗难度大、技术敏感性高、治疗效果往往不尽如人意。在这一领域，我的从医、执教愿景是，在现有的基础上，尽己所能做出能够推动学科发展的成绩，希望通过多学科合作，各种新技术应用，如计算机辅助设计、手术导航、机器人辅助手术等优化手术方案，降低技术难度，将这

与学生讨论颅底肿瘤诊治（左二）

一疑难杂症的诊疗技术普及给青年医生和全国各地医院，让颅底肿瘤不再是令人望而却步的医学"禁区"。

2008年，我们和北京天坛医院、北京同仁医院、北京大学第一医院的专家一道发起了组建颅底多学科合作平台的倡议。后来经过大家共同努力，在中国医疗保健国际交流促进会下成立了颅底外科分会，为我国颅底外科发展搭建了一个重要平台。颅底外科多学科合作平台的建设对我课题组在这一领域的研究也起到了很大的推动作用。针对颅底肿瘤诊疗中存在的难点、热点问题，我们课题组采用数字技术作为切入点，在我与诸多青年医生和各位研究生的共同努力下，导航辅助下颅底肿瘤穿刺活检、颅颌面外科手术机器人的研究都取得了明显进展，较大程度上提高了颅底肿瘤的诊疗效率。同时，我们撰写发表了多项技术操作专家共识和多部专著，将技术推广至全国 20 余家单位，部分专利技术已经实现了临床转化应用，惠及了更多的颅底肿瘤患者。我们的科研成果参加了多次国家级科技创新成就展览，如手术设计－机器人－导航系统成果，获得了教育部的科技奖励。

鼓励青年医生勇于探索，攻克临床难题

在教育指导青年学生方面，我想将郭玉兴同学作为一个例子做个简介。郭玉兴是参加颅底肿瘤临床研究的第一个博士生，即便在当时颅底肿瘤诊治困难重重的情况下，他也不畏艰苦，与我一同完成了百余例颅底肿瘤的诊治及研究工作。他曾经告诉我，当年印象很深的一点是，课题组会上我对于他的一些研究想法不是十分认可，但我没有直接否定，而是说：依照我的经验，这个设想很可能不会得出有意义的结论，但是我愿意支持你去试一试。如今，他也的确在自己的领域开拓出了一片新天地。2023 年，他作为执笔专家参写了《药物相关性颌骨坏死临床诊疗专家共识》，这是我未曾涉足的领域，而他却在自身的创新能动性指引下摸索出了自己的专长方向，这和他在研究生阶段接受的培训息息相关。他已成为国内为数不多能够诊治药物相关性颌骨坏死这一口腔颌面外科疑难杂症的专家之一。他还是"北大口腔医院－保定市第二医院口腔专科医联体"项目的主要负责人，承担了医院的一些重要工作。多年的磨炼已使他成长为一位能够独当一面的医师、导师和有一定经验的管理者。

除了医学领域内不同专业的合作探索，我还致力于医学与其他

非医学专业的联系与协作。其他学科的创新和发展常能为医学提供新发展思路，而打破学科间的壁垒、合作共赢、协同创新，往往能取得"1+1＞2"的效果。我的学生许向亮、王晶等在医工结合的领域脚踏实地，不断探索，与诸多理工学科学者进行交流合作，现在对不同领域的认识逐渐深入，已经能够敏锐地抓住不同学科的创新点并将其整合在一起，从而找到更具现实意义的研究内容。在数字化技术的应用上，从最初颞下颌关节内部骨结构的分析，到关节功能运动面的仿真模拟，再到个性化人工关节结构的创新探索，我们立足临床需求，总结诊疗的不足，在医学专业领域凝练痛点、难点，在非医学学科领域共同学习，与多位专家学者合作探讨解决方案。在这种不畏挑战、共同探索的氛围中，我的一部分已经毕业的或在读的研究生投身于交叉学科研究。在2023年中国口腔医学会的青年壁报展示中，我的在读研究生陈克难以独具创新性的交叉学科成果获得壁报一等奖。立足临床，刻苦钻研，希望通过多学科交叉研究造福患者，这也是我作为医生与学生们一起探索未知的重要方法。

薪火相传，砥砺前行

前些日子，我们课题组师生组织了一场年终恳谈会，畅谈学业、事业、人生，欢声笑语，其乐融融。看到学生们欢聚一堂，我十分欣慰。我的学生许向亮，现已是北大口腔医院外科门诊主任，也成了一名研究生导师。他即兴唱了一首《你是我的眼》，我心中感慨万千：师者之于学生，确如眼睛一般，以我自己有限的学识，指

工作之余

引并带领学生一起探索无穷的世界,"眼睛"正是教师职责的最准确形容。

  在我的学生郭玉兴所带教的研究生邹亦文上台发言的一瞬间,如他所言"薪火世传,奋飞不辍",我也感受到了那份传承的力量。我想,教育的本质应在于"传承"二字。从我在 20 世纪 80 年代赴京求学,师从马大权教授,到今天看到我的学生们各个独当一面,也成为受人尊敬的医师、导师,好像多年前种下的种子生根发芽,开枝散叶。一个人的精力、能力终归是有限的,但当知识、技术,甚至是理念成为接力棒被一代代传承下去时,便能在人类社会无穷尽的发展中拥有无限的可能。很多想做的事情尽一代人之力无法完成,师者将知识、技术、经验传递下去,让后辈得以站在前人肩膀上再起高楼,应是教育之意义所在。

毛泽东主席有言："世界是你们的，也是我们的，但是归根结底是你们的。"一代又一代新生纷至沓来，满怀他们对于知识的渴求，又肩负我们导师这一辈的期望，担起这份传承的重任。所谓"桃李不言，下自成蹊"，作为师者，无须多言，我们所要做的便是"传道授业解惑"，尽己所能将所掌握的知识、技能传授给学生，鼓励他们在自己感兴趣的领域探索、前行。

以生为本,用爱传承

郭宗明

北京大学王选计算机研究所二级教授,享受国务院政府特殊津贴;担任北京大学王选计算机研究所学术委员会主任兼副所长、电子出版新技术国家工程研究中心主任、中国文字字体设计与研究中心主任。主要研究方向为智能媒体技术。发表论文 200 余篇,取得专利授权 100 余项。获国家科学技术进步奖二等奖(第一完成人),中国高等学校十大科技进展入选项目(第二完成人),教育部科技进步奖一等奖(第一完成人),北京市师德先进个人以及中国图象图形学学会、北京市、北京大学优秀博士学位论文指导教师等奖项和荣誉。

我是 1983 年在北京大学数学系开始大学阶段的学习的，后来到计算机系攻读了硕士和博士研究生学位，师从王选教授。40 多年来，我一直在燕园学习和工作，把青年和壮年的美好时光都投掷在这片我深爱的校园。受恩师影响，我很早就下定决心要把教书育人作为自己一辈子的事业，把尽力支持学生走向他们热爱的岗位、给中国信息科学发展积蓄年轻力量作为自己最大的追求。担任导师的 24 年间，我指导了 30 多个硕士研究生和 20 多个博士研究生，其中 6 人的论文获评北大优秀博士学位论文。总结我带学生的经验，主要有两点：一是以生为本，用真心对待学生；二是因材施教，注重挖掘和培养学生兴趣。这不仅源于我的自身求学经历和实践经验，也来自恩师的言传身教、师门的精神传承。

兴趣是最好的老师，在我个人的成长过程中，兴趣一直是很重要的因素。我从小就喜欢数学，高考的 5 个志愿报的都是数学系，最后如愿以偿考上了我的第一志愿——国内排名第一的北大数学系。我在上大学之前没有接触过计算机，在大二选修了计算机相关课程之后就喜欢上了计算机。在大三分专业的时候，我选择了数学系里离计算机最近的信息专业，又在本科毕业的时候选择到计算机系攻读硕士和博士学位。我认为兴趣是最好的老师，对于学生一生的顺利成长而言，在读大学期间发现兴趣、找到目标是比发表文章更重要的事。作为导师，我坚持以学生为中心，引导学生开展与自己的爱好、特长紧密结合的课题研究，以建立科研兴趣和信心。

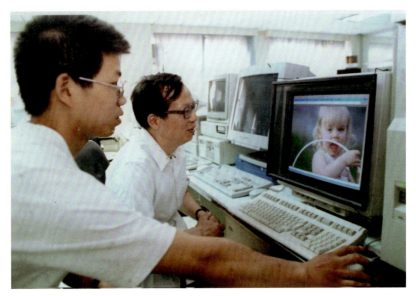

1995年，王选院士（右）指导郭宗明（左）工作

我的一位博士研究生杨帅，从小学习绘画，本科期间在学校就是小有名气的"画家"，北大信息科学技术学院的多件院衫和沿用至今的吉祥物都是由他设计的。他到我这里读博士，在选题的时候，我考虑到他的绘画特长，结合我们实验室的文字和图像处理技术优势，协助他选择了"文字风格化"这一选题。他研究起来动力十足，把绘画训练的功底和科研积累进行了充分融合并加以创新，发表了一系列优秀论文，其博士毕业论文获评中国图象图形学学会优秀博士学位论文。他在科研方面建立了充足的信心，最终选择走上学术道路。

我的另一位学生宋思捷对计算机视觉特别感兴趣。在我的建议下，她选择了做人体骨架姿态识别方面的研究，搭建了全球最大的多模态人体行为数据库，为相关领域的研究做出了基础性贡献。她的代表性论文单篇引用次数达到了500，学位论文获评北京市优秀

2010年,与其第一位博士生刘家瑛合影(右)

博士学位论文。

　　研究生期间,我非常幸运地师从王选教授,并且在博士毕业以后,留在王老师身边工作。王老师对我的悉心指导让我受益终身。我时常提醒自己,要像王老师对待我们一样去真心关爱自己的学生。

　　我做研究生导师之后,一次在毕业答辩前夕,我的一位硕士研究生的母亲突然去世。为了抚慰他的丧母之痛,等他从湖南老家奔丧回来后,我专门请他到我家里吃饭。我和夫人精心准备了丰盛的饭菜,想让学生感受到家的温暖。学生非常感激,多年来一直记着这顿饭。不过,后来有一次提起时,他半开玩笑地说:"郭老师家的饭菜很好,就是不辣。"我是江苏人,基本上不吃辣椒,这次深切体会到了什么叫"湖南人怕不辣"！回想起我当年备考博士的那个寒假，在北京过年，王老师和夫人陈老师请我到他们家里吃饭，老师做的饭菜特别符合我的口味。后来才知道，王老师有一个小本子，上面密密麻麻地记着每个学生的家乡、本科学校和个人特点等。我在王老师家中能吃到"家"的味道，正是因为老师对学生非常了解，并在相处的细节中默默照顾着我们每个人的感受。这件事提醒我，关爱学生不仅要用真心，还要细心，更要注意学生的特点，因材施教，有针对性地培养学生。

在培养研究生的过程中，有一些学生会基于各种原因申请更换导师，我就曾经接收过几名中途转到我门下的学生。对于这些"插班生"，我总是投入更多精力关注，尤其是在他们刚转来的时候，

2017年，在温州市教育大数据论坛做专题报告

2017年，在绿洲水乡参加会议

我会第一时间和他们深入交流，了解每个人的特点和诉求，帮助他们融入新的团队，然后协助分析和确定研究方向。其中有两个学生，分别在博士二年级和博士三年级的时候转到我的实验室，后来不仅顺利毕业了，而且都获评当年的北大优秀博士学位论文。

师道传承。王老师"献身科学、敢为人先、提携后学、甘为人梯"的精神，是我一生治学育人努力遵循的最高标准，也是我想传承给学生的宝贵财富。让我引以为豪的是，我的第一个博士生刘家瑛也成为北大的一位优秀青年教师，在2018年获得北大首届教学卓越奖，是最年轻的一位获奖者，在2020年获评教育部青年长江学者称号。2024年夏天，家瑛指导的第一个博士生汪文靖顺利毕业。由于在低光照图像重建和分析方面的科研成果突出，汪文靖获得了"微软学者奖"等荣誉。

老师是最幸福的职业。"教育的本质是一棵树摇动另一棵树，一朵云推动另一朵云，一个灵魂唤醒另一个灵魂。"一个人为国家发展、科技进步所做的贡献终究是有限的。但作为老师，通过教书育人，可以把知识传递给一代代青年学子，把延续祖国科技事业的历史使命传承下去，自己也就拥有了超越时间和空间限制的生命意义。我相信，"冰水为之而寒于水，青出于蓝而胜于蓝"，年轻一代一定会有他们更大的成就、更广阔的天地，也会和我一样，用爱传递教育的真谛！

教学相携相长，
共赴生态文明的主战场

韩　凌

北京大学环境科学与工程学院副教授。主要研究领域包括区域和产业的物质流分析、区域环境规划、城市废物管理、产业生态园规划与管理、产业环境政策等，在国内较早开展生命周期环境影响评价、可持续发展、物质流分析、循环经济等研究。发表城市环境规划、可持续发展理论、产业生态学和循环经济、废物管理等领域论文多篇，主持和参与国内外项目和环境政策咨询项目多项。获评北京大学优秀共产党员等。

我家里教师最多的时候同时有六位教师：三个哥哥、两个嫂子和一个姐夫。但真正触动我以教师为业的是我高一时的班主任，当我第一次感受到大学刚毕业的她以朋友的平等身份跟我们相处时，我突然觉得做教师是一件多么美好的事情：与青春结伴，与希望同行。我是这样想象着进入教师队伍的，而这么多年来的事实是：居然可以更美好！因为我没有想象过，所谓"育人"，实际上是"育己"：与青春结伴，是学生让我自己能紧跟时代；与希望同行，是学生让我自己越来越有能量。

与青春结伴，与希望同行

课堂是信息密集交流的场所，来自学生的信息常常激发我活跃地思考，因此需要设计适当的形式，让学生自由而深入地表达。我在日常工作、生活中留意收集有意义、有代表性并且有趣或吸引人的实证材料和研究材料。此外，使用我自己研究过、调研过的案例时，我会更得心应手。这让我养成了关注国内外实践和研究以及不定期调研的习惯，同时也滋养了我的研究。比如，在我主持的"企业环境管理学"课程中，需要讨论碳中和目标下各相关行业的积极应对行动。然而，行业技术更新和商业模式变化频繁，我不仅自己密切关注，也调动选课学生分别收集相应的行业信息，然后在课堂

授课照

上和课程微信群中进行交流,并汇编成材料,实现了高效、动态更新信息的效果。我也会把自己的课题进展跟学生分享,听取学生的意见、建议,邀请学生参与研究。

因为学习资源越来越容易获取,单纯的知识传授变得不那么"香"了,那么该如何实施双向式、互动式教学,激发学生学习的主动性?我的导师叶文虎教授是我学习的榜样。在我做学生的时代,叶老师很少传授"成型"的知识,他大量的批判和提问有效地启发和驱动了我的学习。但是,如果没有进行一定程度的思考和研究,批判和提问对师生双方都可能不会产生刺激性作用。因此,在课堂教学中,需要在广泛讨论的基础上,聚焦特定话题,开展较长时间的调研和思考。我需要同时考虑几个论题随时间变化在内容上的拓展和深度上的递进,这是很有挑战性的。

课程实践也是很好的调研理由。现在不少单位不太乐意接待研

清北低碳校园设计友谊赛现场（坐席第一排右二）

究型调研，但是对学生的课程实践还是欢迎的。这些年我能调研不少我的研究领域里的关键项目，很大程度上得益于教学的名义。在我主持的专业课中，学生都要参与实践。这些年来历届学生做了有几十个项目了，这些项目也为我自己的研究和教学积累了很多素材，真正实现了教学相长。

环保道路上与学生为伴

我还主持了一门劳动教育通选课"可持续校园实践"，目的是在多学科交叉合作的基础上，让学生们通过亲身劳动来改进校园里的可持续问题，推动形成一种低碳可持续、创新的校园文化。近六年来，学生们亲自设计并实施了数十个项目，为校园可持续建设做出

参加志愿活动（左一）

了贡献。特别感谢选修这门课的同学，他们表现出的环保意识和责任感、解决问题的行动力和创新性，开阔了我的视野，极大地推动了这门课程的建设，学生真正成了我环保道路上的朋友和同行者。他们的方案可操作性强、成本低并且非常新鲜有趣。学生们在实地勘探、深入访谈和文献调研的基础上，通过堆肥、垃圾分类、土地整理、园林建设等亲身劳动，深切体会到了自己身边看似"小问题"的关键性，在一个学期的时间里逐渐掌握了绿色低碳生活的攻略，提升了环保意识。我们也在共同学习的过程中，统一了绿色低碳的价值观，这真是让人激动的事情。每学期结课的时候既是收获的时刻，也是不忍分别的时刻。

"育人"与"育己"相辅相成

除了课程教学,与研究生的交流也是对自身学术水平甚至管理水平的提升过程。学生在我办公室时,我们随时会发起一场学术讨论。学生教会了我很多,我们的学术思想深度交融。

"育人"的过程对我自己的塑造体现在很多方面,比如公开表达能力。我的导师叶老师的教学风格中不仅有批判性思维,还有语言、声音和气势并用的艺术,这是一种浑然一体的表达。我一直在默默学习叶老师,也学习其他老师,从内容和形式上提升自己的表达能力。

我们正处于生态文明转型的大时代,这个使命也是前人没有走过的漫漫长路,充满挑战。我们要清醒地认识到这一点,不能辜负

与学生在一起(左三)

生活照

这个时代。因此,我感觉和选课的学生并不是讲台上下的关系,而是生态文明探索道路上的同伴和战友关系,我们都对将要开展的学习充满了期待。这种感觉近些年来越来越浓烈。

"师也者,教之以事而喻诸德也。"古往今来,关于育人的思想理论丰富多彩,相关文献浩如烟海,实践形式也百花齐放。但其中最根本的问题是培育什么样的人。老师和学生平等合作、教学相长,是对这个问题的最好回答。每次开课前,我总是心怀期待,因为将要开启的课程总是会给我带来激励和惊喜,我知道我与学生会变成志同道合的同伴和战友,一起奔赴生态文明建设的主战场。

见自己、见天地、见众生
—— 在教书育人中探索人文学的想象力

贺桂梅

北京大学中国语言文学系教授、博士生导师、党委书记，入选长江学者奖励计划青年学者项目。主要从事20世纪中国文学史、思想史、女性文学史与当代文化批评研究。出版《书写"中国气派"：当代文学与民族形式建构》《重述中国：文明自觉与21世纪思想文化研究》等专著多部，发表论文百余篇。获2023年高等教育（本科）国家级教学成果奖二等奖（集体）、北京市第十七届哲学社会科学优秀成果奖二等奖等奖项。

2000年，我博士毕业后，留在母校成为一名教师。我愿意用"见自己、见天地、见众生"来概括自己二十余年来的育人理想。

王家卫导演的电影《一代宗师》中有这样一句话，"习武之人有三个阶段：见自己，见天地，见众生"，描述的是武林宗师修为的三种境界；大文豪歌德则根据欧洲中世纪手工业者学艺的三个阶段，即学习时代、漫游时代、为师时代，写出《威廉·麦斯特》这一经典之作，以展示现代人文思想中"完整的人"的样态。见自己、见天地、见众生，这三者既是个人性的主体修养，也是普遍性的人文教育目标；是不同年龄的生命体验所经历的阶段性过程，也是不同的教养层次达到的不同境界。我从求学、治学到从教、育人，也逐步体悟到这三个阶段，并愿意与学生分享，和他们一起去探索、发现，继而逐级登上他们的"成人阶梯"。

所谓"见自己"，就是在自我认知中寻找适合自己的专业和职业领域，同时也在自己的求知、研究中体悟并表达对生命的理解。这是一个将自我认知与大学教育、专业研究连接、打通并使之相互转化、提升的过程，可以说是"学习时代"的根本任务。每当学生们问起"应该选择什么作为研究对象"时，我总是会说："选择那个你最喜欢的。"先要在研究对象中见到自己，才会有兴趣不断地推进思考，有动力持续地获取更多的知识和技能。

我的一位直博生，在专业和爱好上"多点开花"，但苦恼于不

2022年，在北京大学二教讲授"认识中国的方法"

知该选择哪个点作为博士期间深耕的研究方向。我在个别谈话、聚餐闲聊、读书会等多个场合，发现她对喜爱的电视剧颇有心得，相信她有能力完成从"爱好"到"研究"的转型，便鼓励她去深入探索。我重点指导她学习文化理论、历史研究等相关的方法，引导她深入体认研究对象的复杂性，努力在前人研究的基础上推进和深化问题，以完成真正的学术训练。2024年，她探讨电视剧《人世间》的论文获评第八届"啄木鸟杯"中国文艺评论优秀文章。这对博士生来说是非常难得的荣誉，也极大地增强了她求学的自信心。我由此更加意识到，对于培养学生而言，老师要做的事情不仅是指导他们搭建知识框架、摸索研究方法，更重要的是激发他们求知的热情和愿望。

所谓"见天地"则更进一层，是引导学生从自己习惯的某一专业、某种流派或风格中跳出来，打破学科与专业的隔阂，与各种研究路径展开开放性的对话，进而在整合性的人文视野中提升回应现实社会问题的能力。我称之为"人文学的想象力"。从教二十余年来，在基础专业课程之外，我开设了多门跨学科或交叉学科的课程，包括"21世纪中国文化热点""20世纪女性文学经典""文化理论导读""当代文学与当代史""当代文学与电影"等，重点训练学生立足专业又打破专业限制，以总体性地触摸、认知、把握一个时期学术思想领域的共同议题及其边界。从研究主体和教育主体的角度来说，这个"见天地"的过程，也是去小我而见大我的过程，唯有舍弃自我之执，方能见世界之大。

我带过一名斯洛文尼亚籍的博士生，出于自己的成长经历与相关的地缘政治因素，他本想沿着硕士论文的思路，探讨南斯拉夫的文学、电影等在中国的接受与再造。我鼓励他从受到国别限制的视野中跳出来，以中国文学为媒介，整合性地思考国际共产主义运动、第三世界发展道路等格局中的文化问题。他通过广泛阅读和实地调研，逐渐找到了心仪的博士论文研究对象，即从第三国际视野中文艺理论家瞿秋白的文学实践出发，串联起政治、经济、思想、文艺等多重领域，探讨现代中国的文化领导权问题。如今，他不仅是个"中国通"，更通过文学研究和翻译实践，成为促进中国和斯洛文尼亚两国交流的著名青年学者。毕业的时候，他说："我在这里重新认识了我的专业、我周围的世界、我自己，同时收获了思考自己与社会关系的能力，这是弥足珍贵的。"

所谓"见众生"，意味着为师者要拥有大胸怀，既能因成熟的生命体验而超越个我之小，又能因对人性的深刻理解而看到人

2023年,在海南大学做讲座

群与人世之广大,从而能从总体的社会公义出发,包容、培育后学者。让学生学习一种知识与技能可能是容易的,但要让他们领会、体验和再创造一种人文思想,特别是人格素养却是很难的事情。"教书"同时也是在"育人",我们教给学生的,应该是那些我们认为最有价值且对于维系人类社会生存发展不可或缺的精神内涵。

2020年开始,我担任中文系党委书记,主管学生工作,这份沉甸甸的责任让我对为师者的胸怀和担当有了更进一步的思考。我秉持"大思政课"的理念,开设了一门新课程"认识中国的方法",尝试做一些人文学科的思政育人新探索。这门课力图融合思政和专

2020年，北京大学中文系110周年系庆期间接受采访

业、通识教育，提出"以中国为认识对象，以专业为认识方法"的基本理念，邀请不同专业和学科的著名教师讲授中国问题，让学生在多重研究视角中比较、思辨、内化相关的理念与方法，同时把课堂教学与课外实践连接起来，结合暑期思政实践基地建设，组织学生走出课堂、走向田野，深入中国基层乡镇、工厂或农村，去看见、体验活的中国，进而思考自己在时代和社会中的位置。由此，学术思想转化为一种社会实践。

这门课程开设了三年，学生们反响不错，现已被列为校级思政选择性必修课。有学生曾在课程评价里写道："在这门课上，我们以文学的、历史的、地理的、语言的方法认识中国，循着禹行九州的路踏遍大江大河，站在电影面前打碎中国历史的空间性凝固，踩在茶马古道上聆听西南官话的腹语……每多一次坐在'认识中国的方法'的课堂里，我就认识一个更加深刻的中国，更加广博的世界。"这样的评价，对作为老师的我而言，是极大的肯定和安慰。

育穗"三农"，
耕读传薪

黄季焜

北京大学现代农学院教授、院长，北京大学新农村发展研究院院长、中国农业政策研究中心名誉主任，长江学者奖励计划特聘教授，发展中国家科学院院士，国际农业经济学家学会终身荣誉会员（会士），美国农业与应用经济学会会士；兼任中国农业经济学会副会长，全国政协特聘专家，中央农办、农业农村部、国家"十四五"和"十五五"规划等专家咨询委员会委员；担任30多个国内外期刊共同主编或编委。主要从事农业农村发展研究。主持国家杰出青年科学基金项目、"创新研究群体"项目、国家重点基础研究发展计划（973计划）项目等多项。在 *Science*、*Nature* 和重要经济学期刊发表系列创新成果多篇，多次位列 Elsevier "经济、经济计量学和金融"领域中国高被引学者榜首或进入榜单。获中国青年科学家奖、复旦管理学杰出贡献奖、孙冶方经济科学奖、菲律宾大学杰出校友、省部级科学技术进步奖等奖项和荣誉。

我是北京大学现代农学院的黄季焜，一直从事农业经济管理的教研工作。从 1995 年招收第一批学生开始，我就特别强调学生们要理论联系实际，深入了解农业、农村、农民（"三农"）的实际状况。为此，我们于 2000 年创建了"中国农业与农村发展追踪调查"数据库，至 2024 年，数据库样本涵盖了 9 省、59 县、369 村、近 4000 农户，这为学生们提供了深入农村入户调研的宝贵机会。在教书育人的过程中，我对学生的要求可概括为八个字，"兴趣、努力、坚持、担当"。我经常对他们说："兴趣是做好所有工作的前提条件，努力是实现自身目标的基本要求，坚持是从失败到成功的必经路径，担当是实现人生价值的必要条件。"只有理论联系实际，深入农村调研，了解农业、农民的实际情况，我们才能为国家培养知农、爱农的优秀人才。

农业经济管理是一门经济学、管理学与农学等多学科交叉、应用性很强的学科，不但需要坚实的理论和方法基础，更需要理论联系实际。为此，我强调，学生在开展研究的过程中，要脚踏实地，到最基层的村庄去深入了解农业农村发展的成就与面临的问题，入户倾听广大农民的声音，以获得基层一手的资料与数据，从而深刻领会"三农"工作的重要性，切身体会为何从事"三农"工作需要"兴趣、努力、坚持、担当"的理念。通过到基层入户调研，学生们更加坚定了研究"三农"问题的决心，并不断探索解决问题的路径和措施，把论文写在祖国的大地上。

在中国科学院地理科学与资源研究所办公室工作

目前，我自己所有的学生以及其他高校的学生共计2000余人参与了中国农业与农村发展追踪调查，在祖国大江南北广袤的农村留下了"求学于乡野"的身影，这提升了学生们观察、分析和解决问题的能力，增强了他们的沟通技能和团队合作精神。每次完成农村调研后，许多学生都会发表发自肺腑的感言，展示他们在调研中的巨大收获，表达他们对农业、农村、农民的深厚感情和投身建设农业强国的坚定决心。

这里仅以2024年1月学生们在寒冬从农村调研回来的几点感悟为例。有人坚定了未来的理想，表示"在未来的学习和工作中，愿怀赤子之心、脚踏实地……永远不辜负受访者（农民）的信任"；有人明确了研究的意义，表示"调研不仅为选择研究方向和确定研究主题提供了现实支撑，其价值更在于对我们心灵的洗礼，让我们切实感受到'三农'工作中的真情，探寻我们农经专业的意义"；

在农村调研期间与农户交流（左三）

有人获得了思想的启迪，表示"本次调研为我思想上带来的收获超过任何一门思政大课"。学生们来自田野、来自实践的这些感悟，既道出了他们的心声，也让我坚信要求学生们深入农村调研是正确的，更加深刻地体会到了"三农"领域的老师从事科研与育人工作的责任与担当。

只有理论联系实际，深入开展农村调研，我们才能为国家培养引领农业经济管理学科和农业、农村发展的高端人才。虽然深入农村入户调研是一项艰苦的工作，但通过设计科学、严谨的调研项目获得"问题导向"的一手数据，对探索农业、农村发展问题极其重要。作为一名"三农"领域的教育工作者，我一直重视把自己在研究中坚持的这种理念传授给学生，同时教给他们研究思路和方法。在课堂上，我在介绍农业、农村发展研究领域的前沿问题时，都会有意识地结合当前的实际情况,以让学生明白理论联系实际的重要性,以及如何在研究中做到这一点。

在学生开题期间,我会和他们充分讨论,强调"三农"发展中的重大问题和学术前沿问题,强调要把"问题导向"和自己的研究兴趣充分结合起来。在此基础上,我再和他们一起讨论毕业论文的具体研究内容。学生进入研究阶段后,在调查问卷设计、预调查实施、调查方案制订、调查培训和实地调查等各个环节,我都会与他们保持紧密联系。在这个过程中,我给自己的定位是,既要教给他们具体的知识和方法,提高他们的研究能力,又要引导他们深入了解农业、农村发展过程中的实际问题和解决思路,引领他们走进农业经济研究领域。经历了从选题到设计再到实施的全过程后,学生们不仅对我国的"三农"问题有了更为深入的了解,也坚定了从事

在农村调研期间与种植户、地方人员合影(左二)

农业农村发展研究的信心、责任和担当。

好的研究离不开创新,而要想在一个领域做出成绩,必须打好基础。我在1995年回国创建中国农业政策研究中心时,就对博士生的培养计划做出了一项调整:将博士生的3年学习时间延长为4年,延期的所有培养费用由其指导老师承担。这一调整的目的是,让学生们能够打下更扎实的学习研究基础:从基础课到专业课,从前沿问题到入户调研,在更充裕的时间里,学生们能够扎实学习、深入思考,既有机会在博士阶段就做出成绩,又能够打好基础以在科研工作中实现创新。国家自然科学基金委称我们为"顶天立地"的创新研究团队:立地"下"到祖国各地,走进农户开展调研;顶天"上"到引领学科发展,为国家制定政策提供科学决策依据。

扎根广袤农村,讲好中国故事,是我们团队矢志不渝的学术追求。虽然这个过程对于大部分学生来说极具考验,充满艰辛,但最终的收获却无比丰硕。我本人已培养硕士、博士及博士后110人,目前有6人获批国家杰出青年科学基金资助项目或受聘为教育部长江学者特聘教授,4人获批优秀青年科学基金资助项目或受聘为教育部青年长江学者。中国农业政策研究中心获批国家自然科学基金委首批优势创新群体项目,更培养了一批中国农业、农村发展和政策研究、实践领域的领军人才。

为国育才是我此生最大的愿望。回望过去近30年教书育人的点点滴滴,现在我更加深刻地体会到了作为一名燕园"三农"教师的责任与担当。我国正进入全面推进乡村振兴的新时期,加快实现农业、农村现代化,农业强国和农村共同富裕,需要一支懂农业、爱农村、爱农民的人才队伍,需要一大批具备"兴趣、努力、坚持、担当"且"知农爱农",可以引领农业、农村发展的高端人才。为此,我将继续践行"三农"的"耕耘者"、农业教育的"种树人"职责,躬耕不辍,种好教学"责任田",勤勤恳恳开拓育人"主阵地"。实施乡村振兴战略,实现农村共同富裕,是摆在我们面前的时代命题。

何以报国与人民之厚望?

唯有努力工作,追求卓越,方不负时代之重托。我也期待,更多年轻学子投身"三农"教研,携手共进,助力乡村振兴,为实现农业强、农村美、农民富的目标而努力奋斗!

承前泽后，亦师亦友

黄 炜

北京大学博雅青年学者，北京大学国家发展研究院长聘副教授、本科教学主任，海外高层次国家级青年人才计划入选者；担任 Economics of Transition 共同主编，Journal of Economic Behavior and Organization、China Economic Review、Journal of Asian Economics 和《经济学（季刊）》副主编。主要研究领域为劳动经济学、健康经济学和公共经济学。在 Nature、Review of Economics and Statistics、American Economic Journal: Applied Economics、Journal of Labor Economics、Journal of Development Economics、Journal of Human Resources、Journal of Economic Perspectives 和《经济研究》《管理世界》《世界经济》《经济学（季刊）》等国内外顶级学术期刊发表论文 40 余篇。获张培刚发展经济学青年学者奖、青木昌彦经济学论文奖、高等学校科学研究优秀成果奖（人文社会科学）青年成果奖等奖项。

从北京大学国家发展研究院硕士毕业后，我前往哈佛大学继续深造，于2016年取得经济学博士学位，随后奔赴多个国家，任教于数所大学，与五洲学生结缘。直到2022年6月，我终于回到了阔别已久的燕园。在硕士毕业时，我曾在留言册上写下心愿——"希望回到这里教书。"时隔11年，我如愿以偿成为一名北大教师。

在国发院，既是"新人"又是"老人"的我承担起了学院本科教学主任的职务。在这个格外贴近学生，更需要理解学生的岗位上，我逐步寻找自身的角色定位——"作为国发院学生们的大师兄，带领弟弟妹妹们一起成长"。为了做好"大师兄"，我努力从学生的角度出发，去了解他们真正的需求，希望真正为学生们做一些事情，让他们在竞争日益激烈的环境中收获一点点稳定与温暖。

在回国任教的近两年中，我经历了人生里很多的第一次。第一次参与本科生招生宣讲和宣传，第一次开展本科生毕业论文答辩，第一次参与学院夏令营招生工作，第一次组织博士生开题，第一次协调课程安排……感觉一年经历的事情比过去五年相加的事情还丰富。而我深刻地知道，自己经历的很多珍贵的"第一次"，也是学生人生道路中至关重要的"一次"。因此，我尽职尽责地做好每个"第一次"，努力为学生们的前行保驾护航。无论前路风浪多大，我都愿意始终给予学生们坚定的支持。

2022年9月，在北京大学国家发展研究院新生开学典礼上发言

  为了做到这一点，我将办公室的门敞开，欢迎学生们随时来交流，办公室里时常挤满各个年级的学生。作为新转到国发院的本科生的生活导师之一，我会第一时间加上学生们的微信，及时建立起联系。特别是对于从人文社科专业转入的学生，我会时常关心他们数学类课程的学习状况。我主动走近学生们，学生们也同样走近我：学生们愿意和我分享学习生活中的酸甜苦辣，愿意向我提问。我很珍视这份"愿意"，所以我对自己的要求是耐心倾听、有问必答、保持对话。

  作为学生的学术引路人，我也希望培养出能做出顶天立地的学术的学生。重视学生的个性，激发学生的创造本能，引导学生主动发展，是我一直坚持的思想。因此，我总是耐心地倾听学生的每一个想法，与他们共同探讨、深化研究问题的核心价值和重要性。通

2024年4月,参加北京大学国家发展研究院本科招生开放日活动(中)

过循序渐进的引导,我致力于培养学生的问题意识与探究精神,让他们在学术的道路上越走越稳、越走越远。我回国后发表的许多与学生合作的论文便是在这个过程中形成的。

在答疑过程中,我通常不会直接向学生提供问题的标准答案,而是鼓励他们独立思考以找到解决方案。曾有一次,我辅导的一名本科生在数据处理方面遇到难题。他费尽思量,只能想到一个繁复的手动输入方法。我审视了他的情况后,意识到创建数据的备份副本并将其与原始数据合并,便可轻松解决他的问题。这让我想起了我正在上小学的女儿的一道数学思考题,我认为它能启发这名学生。我在纸上画了九个点挑战他:用一笔连起这些点,并且只允许折三次。他反复思索却始终无解。于是,我给了他一个提示:在研究中,有时需要利用外部空间的助力,谁说连点时必须在点上转折、不可以走出界限呢？这个启示让他顿悟。随后，我鼓励他将这种思维应用到自己的数据问题上，不久他就找到了解决方案。这种启发式的教学方法不仅能促进学生快速成长，同时也能让我深刻体会到教育的乐趣和价值。

作为导师，我也需要严肃地提醒学生，使他们意识到学术追求的严谨性。博士资格考试结束后，我注意到一些学生未能及时调整自己的学习状态，表现出松懈和懈怠。面对这种情况，我采取了严肃的态度，向他们发出了严正的提醒，强调他们要端正学习态度，以严谨的学者精神投入研究。习惯了我平时和蔼可亲的风格，学生们对我的这种态度变化感到意外，这也让他们意识到我对他们学习态度的看重。因此，他们迅速做出调整，重新回到正确的学习轨道。

2024 年 7 月，讲座后回答同学们的问题

在学术指导之外，我同样关心学生的日常生活，尽我所能为他们提供帮助。在北京寒冷的冬日里，夜晚骑车回家时，手套和帽子变得非常重要。想到我的几位博士生也是骑车回宿舍，我便为他们购置了保暖装备，以确保他们在寒冬中感到舒适与安全。对于那些家庭经济状况不佳的学生，我会与辅导员沟通他们的情况，共同关注他们的需求，并通过学校和学院的资助体系提供尽可能多的帮助。这种全面的关怀不仅能够缓解学生的经济压力，还能为他们营造一个更有利于学术成长和个人发展的环境。我希望成为学生们身后那个可依赖、充满热忱的"全能兄长"，为他们搭建一个避风港，让他们在人生道路上行走得更加顺畅，同时帮助他们在思想和情感上及时清理杂念，保持清醒和专注。我愿意在他们需要的时候提供支持，无论是学术上的困惑还是生活中的难题，都给予他们恰当的引导和帮助，让他们感到温暖，增强前行的信心和力量。

"从现实生活中挖掘研究问题"，这一理念是我在国发院攻读硕士期间深刻领会到的。国发院的资深教授们对中国实际问题的敏锐洞察力和深入思考对我影响颇深，我认为这是每一位学者都应学习的。我认识到，研究方法虽然关键，但如果过于强调方法论，可能会与现实问题脱节。因此，在日常教学中，我致力于将北大前辈们的现实洞察力与现代科学方法相结合，我希望我的学生们能学会将这些方法应用于解决中国的具体问题。我所开设的"计量经济学"课程尽管难度较大，却因紧密结合实际生活和中国国情而受到学生们的热烈欢迎，并在课堂内外收获了许多正面评价。这证明了课程设计贴近现实的重要性，也反映了学生们对此类教学方式的认可和需求。

习近平总书记强调:"好老师应该懂得,选择当老师就选择了责任,就要尽到教书育人、立德树人的责任,并把这种责任体现到平凡、普通、细微的教学管理之中。"要在北大成为一名好老师,我还有很多很多的事情要做,"把学术做好,把学生们培养好",这是我对未来的规划,更是我未来的愿景。

做一名怀瑾握瑜、
海纳百川的好老师

孔桂兰

北京大学健康医疗大数据国家研究院副研究员、博士生导师，中国老年学和老年医学学会智慧医养分会副主任委员，中国医院协会健康医疗大数据应用管理专业委员会常务委员，中国老年保健医学研究会数据分析分会常务委员，欧盟"地平线2020"计划下国际数字健康项目IDIH专家组中方专家。长期致力于人工智能与医学的交叉研究，主要研究领域为智能医学决策，如临床决策支持系统、医学大数据挖掘、学习型健康医疗系统等。主持国家自然科学基金项目、教育部人文社会科学基金项目、北京市自然科学基金项目、浙江省自然科学基金重点项目等纵向研究项目多项，并作为子任务负责人参与科技部科技创新2030——"新一代人工智能"重大项目。获军队科学技术进步奖二等奖、三等奖等奖项。

在北京大学医学部，我是一名经历独特的老师。18岁时，为了儿时的参军梦想，我报考中国人民解放军国防科技大学，后参军入伍，又在计算机科学专业接受了军校严苛的本科、研究生教育；31岁时，为了科研梦想，我从解放军总装备部研究所转业并出国留学，后到英国曼彻斯特大学进行决策与系统科学方向的博士、博士后研究；36岁时，我放弃曼彻斯特大学的教职，回到祖国，入职北大医学部，成为一名我从年少时便一直敬仰却从不敢奢望的北大老师。

自2011年回国至今，我已经在北医工作了13个年头。在这13年间，我指导了多个才学、性情迥然不同的学生。这些来自不同本科院校的青年学子怀揣科研梦想、带着这样那样的期望聚到北医，成为我的研究生。我内心对这群孩子除了科研方面的期待，还充满了感恩与感谢！因为他们让我深知大学老师肩上的担子是沉甸甸的：我们要科研创新，为创造知识做贡献；更要教书育人，为国家培养医学与计算机科学、数据科学交叉融合型的顶尖人才。

世界上没有两片完全相同的树叶。习近平总书记说："好老师一定要平等对待每一个学生，尊重学生的个性，理解学生的情感，包容学生的缺点和不足，善于发现每一个学生的长处和闪光点，让所有学生都成长为有用之才。"正是秉持这样的信念，我对每个学生都坦诚相待、以心换心，不仅在科研上引导扶持，亦在生活中关心呵护。

对于家境贫寒、性格孤僻的学生，我怀有很强的同理心。我认真观察过这样的孩子，他们渴望成功，但不善于沟通、交流，总是

2019年，参加北京大学护理青年学者创新论坛

自己一个人默默地努力。我会以讨论课题为契机，和学生一起去食堂吃饭、一起聊聊对未来工作的规划等等。我还会把自己读大学时的一些糗事讲给他们听。慢慢地，他们就会放下戒备心，当科研有进展时会兴高采烈地向我汇报，当遇到困难时也会流着泪说出实情。他们在北医的每一步成长，都让我感到由衷的骄傲。

我也遇到过自幼父母教育过分严苛、焦虑敏感的学生。这样的学生自我期望值很高，在科研进展顺利时一切都好，可是一旦遇到挫折，就会严重怀疑自己、焦虑得睡不着觉。典型的特征就是，会反复检查科研文档，严重时会把所有文档全部删掉，觉得对不起课题组的老师、对不起每周一起讨论的同学，不能原谅自己……我自己在一个宽松自由、父慈母爱的家庭长大，当看到一个学生因父母在童年、少年时对自己的严苛教育而抑郁、焦虑的时候，我非常心疼。我对自己说：要把这些学生当成自己的孩子，去爱他们、呵护

2023年,在澳大利亚悉尼参加国际医学信息学大会(MEDINFO)

他们！我会邀请学生来我的办公室，认真地告诉他们，在成长过程中受到那些指责并不是源于他们不够优秀，并让他们学会与原生家庭和解，认可自己。我用我的真诚和爱换来了学生的赤诚和勇敢。他们会毫无隐瞒地告诉我自己焦虑时身体的症状、内心的痛苦，我们会一起讨论疾病、一起商量治疗办法、一起交流别人被治愈的经验。慢慢地，学生的内心变得强大起来，并学会用爱和知识来武装自己，勇敢地去和焦虑与抑郁进行斗争，最终回归正常的科研轨道。当看到一个花样年华的女孩重拾自信、从容不迫地在众人面前进行学术汇报时，我对自己说：付出的所有一切都值得！

  我也遇到过自视甚高、眼高手低的学生。这样的学生一般智商很高，不需要很费力就能在考试中拿到高分；但他们对科研不甚了解，以为科研工作就像既往的考试一样，导师给出题目、学生来解答就行。这样的孩子一般身心健康、阳光自信。面对他们时，我在学习上该引导就引导，在科研上该批评就批评，在生活中该帮忙就帮忙。我的指导作用就是：盯着他们读文献；教会他们找科学问题、做科研设计；手把手地带着他们写论文。一般几篇科研论文写下来，学生就会沉静下来，具备了科研人员该有的一些素养。

当然，尤其让我感恩的是那些天资聪颖、对成功充满渴望、刻苦努力又热心团队建设的学生。他们的到来，就像不经意间突然射进我烦琐的科研工作中的一道光，他们自身对科研的热情感染着身边的每一位同学。在他们的组织和影响下，整个课题组的小伙伴们似乎都更加灵动、闪亮，每周的科研讨论都开始变得生动、活泼。他们会吸引不同学科背景的同学参加组里的科研活动。这样的孩子自带光芒，给我带来了很多惊喜和成就感。他们不仅让我觉得每日的科研、教学工作十分有趣，而且让我的人生变得更加充实和美好。

在北医工作的这些年，我有幸指导的这些性格迥异、专业背景亦大不相同的学生，多数毕业后离开北医、奔赴世界各地。有人去了牛津大学、香港中文大学等继续攻读博士学位；有人去了保险集团担任数据分析师；有人去了浙江省北大信息技术高等研究院、北大重庆大数据研究院等从事健康医疗大数据相关研究工作。我内心深爱着这些奋进的孩子，看到他们，就像看到自己的不同人生篇章。期望我的学生们只争朝夕、不负韶华、不忘初心、砥砺前行！

"动人以言者，其感不深；动人以行者，其应必速。"

未来，我将继续努力做一名怀瑾握瑜、海纳百川的好老师！

山高水长的期待

李道新

北京大学艺术学院教授、副院长，长江学者奖励计划特聘教授。主要研究领域包括中国电影史、电影理论与批评，为本科生、研究生开设专业基础课和全校通选课20余年。主持国家社科基金艺术学重大项目"中国特色电影知识体系研究"（2022）。出版《中国电影批评史（1897—2000）》《中国电影文化史（1905—2004）》《中国电影传播史（1949—1979）》《光影绵长：李道新电影文章自选集》等著作多部。获北京大学"十佳教师"（2003）、朱光潜奖教金（2007）、教学优秀奖（2017）、曾宪梓优秀教学奖（2023）以及北京市哲学社会科学优秀成果奖一等奖（2004）、二等奖（2006）等奖项和荣誉。

直到今天，我都在想：应该不会有人比我更幸运。作为一个出生于20世纪60年代中期的江汉平原南端地区、家境极为贫寒的农村孩子，我在18岁第一次出门远行的时候，就走入了师范大学的校门，更在一所中学、三所大学等世界各地的讲台上，遇到彼此应答或声息相通的莘莘学子，并以令人自豪的教师职业和倾心追索的学术梦想安身立命。

从一开始，我就特别愿意向学生们传递这种幸运意识，以及由这种幸运意识而来的幸福感和成就感。因为我相信，得益于中国改革开放以来的伟大实践，我们这一代人不仅免遭父辈们经历过的战争和动乱之苦，而且在摆脱物质和精神贫困的过程中，逐渐获取了人类更加宏阔的视野、个体选择的多样性和主体意志的丰富性。也因为我相信，我们这一代人亲身践履的中国梦，一定会被我们的学生一代赋予更加深广的表达，并随着中华民族伟大复兴的梦想而真正地得到实现。

在2021年7月北京大学艺术学院举行的毕业典礼上，作为教师代表，我试图跟大家一起思考：在这个呼唤理想、信念和激情，但又似乎有太多"内卷""鸡娃"和"躺平"的时代里，走出校门之后，我们将在何处安放身心，未来又将何去何从？我的主要观点就是"因为我相信"。我想要说的是，除了小我的世界之外，还有大我的天地。北大人当然要自食其力，也可以独善其身，但胸怀广阔、

2018年9月,在北京大学艺术学院主持国际博士生学术论坛

兼济天下的使命和职责早就被写进了履历,成为大家一生的背景;北大人,既然曾经努力改变了命运,就请再一次出发,努力书写个人、家国与天下的传奇。就像当初做到了最好一样,未来还可以是最好的。因为我相信,离开北大,学生们都能做最好的自己。

值得欣慰的是,这一番寄语得到了大量的反馈。在法国生活的一个学生留言:"谢谢李老师,当年给我的'信念银行'存满了能量,不管走到哪里、在做什么,这些积蓄都是最坚实的底气。"匿名的学生发表感慨:"感恩遇见、感恩陪伴、感恩岁月的点滴!老师总是在感性中深藏着理想与哲思!"

正是因为拥有这种由幸运意识而来的幸福感和成就感,我一直都在告诉学生们,一定要懂得珍惜。因为,生命可贵,人间值得,请珍惜稍纵即逝的美与知识,请珍惜颇为难得的爱与真理。在日常的教学与科研活动中,我更是以身作则,带领学生们积极生活、勤

2019年4月，在课堂上点评学生发言

2018年6月，在上海电影博物馆讲座后与电影爱好者互动

勉为学，力图使其不负当前的青春时光，也无愧于未来的家国天下。尤其是在最近几年里，我也努力关注学生们的心理变化和学习状态，根据线上课程的特点不断调整自己的教学目标，甚至主动地探索和创新教学模式。

在本科学生的主持下，我曾经主讲了一期北大艺术学院年度院长沙龙。在此之前，我和学生们分享了我精心撰写的文章《好奇而行：兼谈为什么要在北大学艺术》。我在谈论了爱因斯坦和卓别林这两位伟人的历史性相会之后，充满激情地写道："好奇而行，因好奇而独行，也因好奇而先行，更因好奇而成就天马行空的自由无羁的美好心灵。或许，这就是一个人安身立命的基础，也是其俯仰天地的依凭。我以为，除了生存和死亡的威胁以外，一个人的恐惧，莫过于失去了因好奇而产生的兴趣与动机,及欲望与愿景。因为,这才是人之为人的根本。诚然,人类历史上不乏否定情感与压抑人性的黑暗时代,但因好奇而产生的兴趣和热爱,终将为世界留下人间的最善、最美和最真。"我想通过这样的方式,告诉未曾经历过大风大浪的年轻学子们如何战胜内心的恐惧。正是在那个学期里,我还带领十几位创意写作班的学生读诗、写诗并分享心得,以寻求超脱足不出户并缺乏安全感的困境,在语言和诗歌的世界里自由驰骋。

更为重要的是,我的"电影史研究专题"课程通过线下与线上互动的手段,如腾讯会议、Classin和北大教学网,以微信群交互讨论的方式,结合微信公众号发布的每期三万多字的课程实录,不仅在选课学生中得到前所未有的好评,而且吸引了海内外数千位感兴趣的学生和研究者参与其中。有同学留言:"老师,我说的是心里话:每每意识到自己的不足、无知和浅薄,再重新扎进漫漫书海与电影中寻求答案,是让人能真切'抓住'的实感,是迷茫时期的幸福来源。谢谢李老师,谢谢电影史课程!"

在这几年里,受到学生们和参与者的大力鼓励、生动启发,我还开始进一步探索慕课与线上教学的方式方法,并将其跟数字时代的学术转向联系在一起,基于国家社科基金艺术学重大项目"中国特色电影知识体系研究",在数字人文的跨界视野与知识管理学的理论框架下,在展现文化自信和促进电影强国建设的宏大背景里,搭建了一个学术导向、优特数据、众包群智、开放共享的"中国电影知识体系平台"(CCKS)。通过该平台,我也开始体会到,数字时代的教育科研工作者需要积极主动地紧跟学术前沿、社会需要和国家战略,在跟"网生"一代学子们一起学习和成长的过程中,潜移默化地影响他们的思想和情感,当好他们人生道路上的表率。

薪火相传，育学共长

李志宏

北京大学集成电路学院教授、集成微纳系统系主任；担任本领域顶级国际会议 IEEE MEMS、Transducers 国际指导委员会委员，MicroTAS ETPC 委员，IEEE MEMS 2022、MicroTAS 2022 共同主席。主要研究领域包括 MEMS/NEMS 理论、设计和加工，在生物微机电系统（BioMEMS）和微纳流控（Micro/Nanofluidics）系统研究方面取得突出成果。主持国家重点研发计划项目、国家自然科学基金项目等 10 余项，在高水平学术期刊发表论文 200 余篇，发表国际会议邀请报告 10 余次，申请和授权专利 40 余项。

仔细回想一下任教的 25 年，其中并没有什么可以拿出来浓墨重彩地讲一番的"育人故事"，带过的每个学生仿佛都平平淡淡地过去了。不过，我还是很高兴有机会和大家分享多年来在育人方面的理念和经历，也希望能从各位同人那里汲取先进经验，取长补短，共同进步。

想和大家分享的第一点是，身教胜于言传。我从来不希望学生变成我的翻版，因为每个学生都独具个性和特点，我们无法强求他们变成什么样的人，也只有青出于蓝，才能一代比一代更加优秀。然而，博士生要在导师的指导下学习、工作三到五年，即使导师不刻意去做什么，其理念、思维方式乃至一举一动，都会对学生产生潜移默化的影响，在每位毕业生身上，或多或少都能看到其导师的影子。讲到这里，我不得不提一下我的导师之一——武国英老师。武老师总是淡定从容，荣辱不惊。自从 1992 年见到武老师并成为他的研究生以来，我从未见他对谁发过火，也从未见他争夺过任何名利。武老师从不会严厉地批评学生，也不会手把手地去教学生。他的指导使人如沐春风，这种品格对我影响至深。我的另一位导师——王阳元老师肩负着国家微电子产业的宏观规划和微电子所学术发展的双重重任，但在指导学生方面，他从不吝惜自己的时间。他不拘泥于对学术细节的指导，而更多地注重对关键方向的把握和节点的掌控，鼓励学生更多地从宏观和大局的角度思考问题，这些特质也对我选择学术方向和发展道路起到了关键作用。

与导师王阳元（左）、武国英（右）合影（中）

  我虽然远做不到两位导师那样好，但一直以两位导师为楷模，也希望能把他们的优秀理念和做法传承下去。因此，每当我给学生布置任务，指明他们该做什么和怎么做时，我总会先思考自己是怎么做的、有没有做到。这也同时成为我自我约束、自我校正的一种方法。当我心生动摇，想做一些违背初衷和偏离原则的事情时，我总会想，这样的行为会对学生产生什么样的负面影响，错误的做法是否会传递下去，这种自省使得我始终走在正确的轨道上。我的毕业生从事的行业很广泛，有的继续深耕科研领域，有的投身高科技创业，有的成为优秀的中学老师，有的成了科学脱口秀类节目中的知名人物。最令我欣慰的是，他们都坚守着自己的初心，每当他们回到学校或者与我通信交流时，总会提及我的某些理念或者做法对他们的工作产生的深刻影响。即或有些是溢美之词，我也会感到由衷的高兴。

与学生们在一起（后排左三）

想和大家分享的第二点是，兴趣永远是最好的老师，一个学生只有对所做的研究感兴趣，才能倾尽全力，发挥出最大的创造力和潜能。我个人的科研兴趣比较广泛，组内通常会开展几个不同方向的研究。在博士学习阶段的第一个学期，我通常不直接为学生指定研究方向，而是鼓励他们先去学习和探索，找到自己感兴趣的方向，并积极发挥主观能动性，提出富有创新性的想法。我有几个毕业生去高校从事教学科研工作，他们都没有沿袭在我们组内的工作，而是开拓了新的研究方向，并且都做得很出色。这是我最希望看到的一种结果。同时，如果学生在调研和实验的过程中，发现了不同于组内研究课题的新想法，只要有足够的创新性，并展现出良好的发展前景，我都会给他们坚定的鼓励和支持。

我早期协助王老师指导的博士生季旭，在调研过程中发现表面等离激元共振（SPR）是一种很灵敏的生化传感方式，如果应用在微流控系统中，会形成很大的优势。我就鼓励他深入研究下去，把SPR与微流控以及样品采集结构加以集成，形成一个完整的生化检测系统。这项研究成功地申请了一项国家自然科学基金面上项目，也成为最早的集成SPR系统之一。由于博士阶段的时间分配问题，他本人没有最终完成具体的研究工作，也没有将其作为博士论文的一部分，但这个从发现科学问题到将其转变为一个重要研究项目的经历，对于他科研兴趣的培养以及他之后的研究道路都产生了积极的影响。我的另一位博士生张洪泽，在使用喷墨打印机时，想到如果将液滴打印在低温衬底上，可以形成由冰构成的三维结构。我意识到这是一种全新的方法，鼓励他做下去，并让其他两位同学全力协助他工作。研究很快就初获成功，成果发表在该领域顶级会议MEMS上，并获得最佳论文提名奖。这项研究也成为他博士论文的内容，后续工作又取得了一系列成果，由我们提出并命名的冰打印技术也被该领域研究人员认可，一些研究组在此基础上开展了新的工作。

从上述两点不难看出，在培养学生的过程中，我自身也得以不断提升，学生从我这里获得帮助，而他们给予我的启发和助力同样意义重大。人们常说"教学相长"，其实"育学"也是相长的。这可能也是我作为一个大学教师最为高兴和自豪的事情。

生命不息,育人不怠

刘宏伟

北京大学口腔医学院口腔黏膜科主任医师、教授、博士生导师;兼任中华口腔医学会副秘书长、第六届口腔黏膜病专业委员会主任委员、国际牙科研究会会员、国际牙医师学院院士,中国科协口腔黏膜溃疡病学首席科学传播专家,中国医师协会毕业后医学教育口腔专业委员会委员兼总干事,国家级继续教育项目评审专家;担任 *Chinese Journal of Dental Research* 执行主编,《中国口腔医学继续教育杂志》常务副总编,多个期刊的编委、审稿专家等。长期从事口腔黏膜病专业医教研管工作,主持国家级、省部级课题多项。出版教材和专著20余部,发表中英文论文150余篇。获国家级教育教学成果奖一等奖、"三育人"奖等奖项。

我是北京大学口腔医学院口腔黏膜科的刘宏伟，来跟大家分享一下我的育人故事。

自从踏入北京大学口腔医院的大门，我对医、教、研这三项工作一直未敢有丝毫懈怠。其中，我最乐于投入，也是获得最多喜悦的还是教学工作。风风雨雨37年的教学工作中，我从一名普通临床指导教师，成长为教授、博士研究生导师、教学办公室主任，经历五味甘苦，从不敢愧对教书育人的事业。无数我的学生、学生的学生、学生的年轻老师，来了又走，留下了许多故事。他们的成长、成才，令人欣喜之余也绚丽了我的人生。

我的育人生涯可以分为三个阶段。

第一个阶段是，奋战在教学一线37年如一日。

我是奋战在教学一线的老师，这个角色我已扮演了37年。一走上工作岗位，我就不仅承担了"口腔黏膜病学"理论大课的授课工作，而且每天都在治疗椅旁教本科生们如何在临床上诊治口腔黏膜病。我从教37年，也就带过37届口腔医学本科生，每个北大口腔的本科毕业生都在我的指导下实习过。

一批又一批年轻人既朝气蓬勃，又不乏稚嫩和顽皮。无疑，我是一位极其严厉的老师，在教学过程中，往往犀利的批评多于表扬，容不下学生哪怕丝毫懈怠、"打擦边球"、不严谨、不专业。因为我认为，学生都是不谙世事、尚不成熟的，思想上不能理解严要求很正常，但行动上必须达到我们的培养要求。菩萨心

2022年，在北京大学毕业典礼上演唱《祝你一路顺风》

肠，须佐以雷霆手段，批评的目的是让学生记住，效果要好于和颜悦色。暂时的不理解没关系，等他们成熟了，自己也当了老师，终将领悟。

事实也是如此。常有毕业多年的学生专程前来当面感谢我当年的教育，他们记住的不仅是当年我这个老师的严谨和严格，更是在为人父母、为师之后，理解了我当年的不放弃是他们今日辉煌成绩的导引。年轻的教师们也时常议论我严格教学产生的良好效果，与"佛系"教师的育人效果比较，他们更赞赏我这种严格育人的责任担当。我也对自己走过的育人之路无怨无悔，虽然要承受学生一时的不理解，但是学生最终成才是我人生中最大的满足。

第二个阶段是，促使北大口腔成为全国排头兵的教学管理。

这个阶段，我走上了教学管理岗位，担任了12年口腔医学院教学办公室主任。在这一时期，我的眼界大开，教学任务也不再局限于一门课程的教学，而需要制订不同学制的口腔医学全程教学计

2017年,为口腔住院医师规范化培训师资培训班讲课

划,这让我拥有了更多成长和发展的机遇。我梳理多门课程的教学大纲,抓各个教研室的教学质量,参与国家级医学教育研究课题,开展多项校级、院级教学研究。年富力强的我的创新理念不断结出硕果:开创口腔医学导论课、以问题为基础的教学方法、文献综述课、早期接触临床课、多学科融合课、双语教学、学长制(将全院学生纵向编组,由高年级学生引领开展活动)、中外口腔医学生国际学术研讨会等,特别是青年教师教学技能培训课。很多项目开创至今,长盛不衰,为北大口腔成为全国口腔医学教育的排头兵贡献了力量。努力迎来收获满满:我获得了国家级教学成果奖一等奖和数

十项市级、校级教学成果奖。

第三个阶段是，在更大的舞台上为教学奉献力量并恪守己任。

这个阶段，我离开了教学办公室主任的岗位，走上了更大的舞台。我既是中华口腔医学会的副秘书长、专委会的主任委员和博士研究生导师，也仍然是大课和临床一线的带教老师。无论是传授专业领域的学问、技能，还是教导学生做人做事，我绝不放松教师义不容辞的责任。在承担了关乎全国口腔医疗事业发展的诸多重要工作的同时，我也看到和经历了口腔医学领域的许多变革与发展，感受到了国家对于导师和研究生的要求在不断提高。这要求我必须时刻保持敏锐的洞察力和前瞻性，不断学习进步，跟上时代的步伐。在此阶段，我比所有学生都更严谨地收集临床病例资料，以确保科学研究的真实性，身体力行，以教会学生科研诚信。对于学生的经济困难，我变相给予资助；对于学生的心理问题、学业困难，我有的放矢，在磕磕绊绊中采取各种有效措施，帮助学生完成学业。

在更大的舞台上，我统领全国住院医师规范化培训的顶层设计，走访和评估各地的口腔住院医师培训基地，访谈了无数个住院医师和带教老师，发现了一系列问题，并制订出解决问题的方案。我还参与了中华口腔医学会口腔医学院系的教育帮扶组织工作，为院校搭桥，为教育呐喊，走访被帮扶院校，了解其落后现状，探索它们发展的可能。我为自己能把才智用于中国口腔医学教育的发展而庆幸，也为我国口腔医学教育的每一点进步而欣喜。

为什么说"生命不息，育人不怠"？

37年前，正值我紧张地写作硕士学位论文之际，我的导师胡碧琼教授因患带状疱疹住进了医院，她老人家就把我叫到医院，在病床上修改了数遍我的论文；两个月后，她因脑出血在我答辩前的一周再次入院。没能出席我的毕业答辩会成了她一直的唠叨、终生的遗憾。导师为我这个学生付出的不只是心血，而且是生命。

没想到 32 年后，这惊人的一幕在我的身上重演了。2019 年 5 月，我也因在修改研究生学位论文的过程中突发脑出血入院，当时距研究生毕业答辩还有两周时间。所幸就医及时，科学进步，治愈率提高，我是有希望参加研究生毕业答辩的。但是，这也需要斗志，需要坦然面对，需要努力配合治疗和康复。出了 ICU，我就在病房"上演"了修改研究生的论文、床旁演练幻灯、进行预答辩的一幕。在别人看来，我是命悬一线，而我当时就一个信念：我决不能影响学生的毕业，也不能给我自己留下遗憾。就这样，我向医院请假参加了两个博士研究生的毕业答辩，住院期间还坚持远程指导研究生临床诊治患者，两次去校园内的教室给本科生上了 PBL 课，给院长写信进行重要的紧急教学建议。为此，我一个教授也常常会被管床护士"追究"，被病房主任"狠狠批评"，就像我批评学生一样。在此后的生活中，常备降压药，监测血压，更合理地作息，照顾年迈的父母，同时不放松对学生的培养，就是我工作、生活的新常态。只有保住生命，努力康复，才能继续育人。让每个学生都不白跟我一场，学有收获，学有成长，就是我的愿望。

回首近 40 年的育人生涯，为口腔医学事业育人，为祖国育人，在我心中是头等大事。我无愧初心，从未停止耕耘，从未丝毫放松、懈怠。我好像是为教学而生的，一说起教学，我就会精神抖擞、眼睛放光。我自认为："我很走教学这根筋！"比如：漏不掉学生忘记修改的诸多病历细节，忘不了很多学生的名字；在毕业 20 年后的某班级聚会上，我能如数家珍地讲述我对他们每个人的印象和他们 20 年来取得的辉煌成绩（我一直关注着呢）；批改青年教师的培训作业，如教案、讲稿等累计 6000 余篇，20 年如一日，乐此不疲；重病后，我虽已显嗓音障碍，但没把毕业典礼上的《祝你一路顺风》唱砸。我始终秉持功成不必在我、功成必定有我的追求，用认真、踏实的态度，去迎接挑战、拥抱机遇。我会继续育人，直到干不动的那一天，再翻看毕业生的合影，目睹他们幸福的笑容，回忆走过的路，收获内心的满足。

草木有情，携手前行

刘鸿雁

北京大学博雅特聘教授、生态研究中心副主任，国家杰出青年科学基金项目获得者，国家高层次人才特殊支持计划科技创新领军人才，科技部"植被恢复与固碳耗水"创新团队负责人，国家重点研发项目主持人；兼任中国生态学学会副理事长、中国地理学会生物地理专业委员会主任、中国遥感应用协会生态环境遥感分会理事长等。主要研究领域为植被生态学与植物地理学，系统地开展了全球变化背景下生态脆弱区植被格局、动态及生态适应机制研究。出版《第四纪生态学与全球变化》《植物地理学》等著作多部，发表学术论文300余篇，主讲的课程"植物学"获评国家级一流本科课程。获教育部自然科学奖二等奖、北京市高等学校教学名师奖等奖项。

1992年,我从北京大学硕士毕业后留校任教,到现在已32年了。在30余年的教学生涯中,如何教书、如何育人是我反复思考的问题。在思考这些问题的过程中,我自己也在成长。30余年过去了,对我来说,这些问题的答案也日渐清晰。在此,择取几个片段,记录下自己的思考。

"我为什么要上这门课?"

"我为什么要上这门课?"大部分学生都难免产生过类似的疑问。在我教学之初,学生常常向我提出这个问题。有一次在北京西北部的东灵山开展植物地理和土壤地理野外实习时,学生问:"老师您把我们带到深山老林里,又是挖土壤剖面又是量树的高度,这有什么用啊?我不明白,我们学的这些知识怎么转化为生产力?"这个问题让当时的我陷入沉思:学生到底为什么要上这门课?

这个问题确实很关键,比起学习具体知识,明确学习目的更加重要。选择课程的学生来自不同专业,怀有不同的诉求,只讲课程对学科的意义不足以服众。正是一门门课构成了大学四年的学习生活,如果每门课都让学生觉得大有裨益,那大学能办不好?若每门课都叫学生失望,那他们为什么要机械地读这四年呢?教学是大学的根本,老师们要使出浑身解数让每位学生都有收获,而不是固执

在办公室备课

地自说自话，沉浸在对授课内容的自我陶醉中。

我与学生零距离

我教的课程是"植物学"，以知识性的内容为主。每次开学后的第一堂课上，学生们普遍关心的一个问题就是："这门课需要背的内容多吗？"既然学生选择上这门课，作为老师，我就需要设身处地体察学生，思考自己能为学生做些什么，教好这门课，让学生能够真正有所收获。

如何及时捕捉学生在想什么？我提出了"与学生零距离"。课堂上，学生的表情、动作是对教学内容和教学方式无声的反馈。如果学生聚精会神地听课，无疑说明他们对教学的内容是认同的；相反，如果学生在打瞌睡或者做其他的事情，说明他们对我的教学内容和教学方式是抵触的。经过反复观察、课上课下与学生交流和沟通，我果断地删除了一些陈旧、简单或者与其他课程重复的内容，增加了对学生感兴趣的学科前沿问题的讲解。比如说："植物有体温吗？"对于这个问题，我自己也好奇。刚好十几年前国际著名刊物上的一篇论文涉及了这个问题，有一次我把这个问题提出来与学生交流，大家畅所欲言。"如果植物有体温，那它背后的机制是什么呢？"有同学提出这个问题，课堂气氛立刻就活跃了。

"与学生零距离"还在于有效交流。对于"植物学"课程来说，实地辨认植物是师生交流的重要环节。每周我都会在3个课时中专门拿出1个课时，带大家走出教室，寻访燕园各个角落的花花草草。学生们会结合自己的观察提出问题，我也能从中判断学生是否真正掌握了课堂所学的内容。比如说，要掌握不同植物类群花的解剖特点，再多的讲解也不如让每个学生实地观察和解剖，然后反馈他们不清楚的问题，我再有针对性地回答。

大树下和草原上的课堂

习近平总书记倡导"牢记使命、艰苦创业、绿色发展"的塞罕坝精神。从我踏上教师岗位开始，我就与塞罕坝结下了不解之缘。21世纪初，北大在塞罕坝建设了生态定位站，该站现在进入了国家站的行列。2011年，北大塞罕坝野外实习基地被认定为北京市市校共建校外人才培养基地，我是这个联合基地的负责人。在此之前,我们的本科生就已经开始在塞罕坝开展"野外生态学实习"了。生态文明建设是我国的根本大计,学生来塞罕坝实习,就是要把书本知识与生态文明建设的国家需求结合起来。我的工作便是引导学生在野外思考和讨论。大树下、草原上,都是我们的课堂。我们提出问题,没有预设答案,学生感觉经历了全新的探索之旅。

"绿水青山就是金山银山",习近平总书记的这句话生动诠释了党和政府大力推进生态文明建设的信心和决心。生态学未来会更多地被拓展到应用领域,例如生态管理、生态产品计价等。生态学与管理学、经济等学科的融合势在必行。新的问题带来了新的尝试。2024年春季学期,我开设了"中国的生态问题与生态建设"全校公选课,试图让更多的学生认识生态,思考生态文明建设。理工医文不同专业的学生和我一起开始了这趟跨学科的旅程,思考生态伦理,探索生态文明,这也是我下一阶段的新使命。

同你一起"擦玻璃"

在过去30余年中,我指导本科毕业论文人数为57人,指导本科科研人数为30人,指导研究生人数为49人。我指导的学生彭若男的毕业论文获评北京市优秀本科毕业论文,我的3名博士生的毕业论文获评北京大学优秀博士学位论文。科研起步难,尤其是对于本科生来说。我试图告诉他们"做科研就像擦玻璃"。

科研并非高深莫测。每次新入学的学生来找我谈科研时,我都会指向窗外说:"我们看外面那棵树属于什么种类,看起来像是香

2013年，和学生在北京山区考察（左一）

椿或者臭椿。如果是奇数羽状复叶就是臭椿，如果是偶数羽状复叶就是香椿，可是有窗户挡着看不真切，做科研就是把这窗户擦干净一些。如果窗户干净，我们就能看清楚它是偶数羽状复叶，确定它是香椿。从香椿又会延伸出许多其他问题，比如香椿为什么长这么高，那么我们就需要把窗户再擦干净一点，继续深挖，比如这棵香椿可以产生多少氧气。"

除了引导学生入门外，我还得充当学生的"肩膀"，让他们能够更好地"擦玻璃"。比如说，窗外那么多种树，学生一眼望去，很难知道从哪儿入手。我的作用就是帮助学生找到可以发挥的题目：可以从香椿入手，先看看一棵树究竟是不是香椿，然后探究香椿为什么长这么高，长这么高有什么用。

每个人都是时代的产物

从我上大学到现在，已经过去快 40 年了。和 40 年前相比，我们面对的是完全不一样的时代。作为老师，我一直在思考：我们究竟是"知识的传承人"，还是"时代的探索者"？我们希望自己的学生继续传授这些知识，做"知识的传承人"，还是探索这个时代，做"时代的探索者"？

今年 5 月，学校教务部和党委宣传部拍了一部关于我的短片，名字就是《每个人都是时代的产物》。毫无疑问，时代的发展不断地带来教学上的挑战。对我教的课程"植物学"来说，大数据技术已经开发了多个辨花识草的软件，学生们可以不用查阅"植物志"了。在新的形势下，我们更需要果断更新教学内容，和学生一起探索学科前沿的发展。

每个人都是时代的产物，大学的根本目的就是帮助学生把握时代的脉搏。学生在大学期间所思所学必然影响他们未来职业生涯的发展。教师，应该对学科的未来发展有更强的预见性，除了教给学生"成型"的知识外，还需要告诉他们未知的内容和未来探索的目标。只有这样，学生才能找到自己前进的方向。

教学相长，
我与学生共成长

卢庆彬

北京大学公共卫生学院研究员、博士生导师，中华预防医学会促进消除病毒性肝炎工作委员会副秘书长，中华预防医学会感染性疾病防控分会委员，入选北京大学医学部优秀人才引进与支持计划；担任《中华医院感染学杂志》《中国感染控制杂志》常务编委、《发育医学电子杂志》编委等。主要研究领域为重大传染病流行病学和疫苗效果评价。承担科技部重大专项子课题项目、国家重点研发计划青年科学家项目、国家自然科学基金面上和青年项目、北京市自然科学基金项目等多项，发表论文 180 余篇，其中在 Science Translational Medicine、The Lancet Infectious Diseases、Annals of Internal Medicine、Nature Communications、Clinical Infectious Diseases（IF>900）等发表论文 110 余篇。获北京大学黄廷方/信和青年杰出学者奖、绿叶生物医药杰出青年学者奖，河南省科学技术进步一等奖，北京高校第十届青年教师教学基本功比赛三等奖等奖项和荣誉。

今年，是我在北京大学医学部公共卫生学院工作的第 11 年。我已从初登讲台的青涩讲师，成长为承担多门课程讲授任务的主讲教师；我从懵懵懂懂招收自己的第一位硕士研究生，已经成为 15 位硕士和博士研究生的指导教师。在此期间，我积攒了教书育人的经验和想法，感受到了一名教师的职业自豪感和成就感，更体会到了教学相长的可贵，在与学生相处的过程中收获了许多感动。想和大家分享几个我和学生之间的小故事。

第一个小故事让我体会到，学生培养工作要因材施教。我曾经担任一名本科生的毕业设计指导教师，最初给他拟定的题目是《一种传染病的流行病学特征研究》，但后来我发现他撰写开题报告的速度明显比其他学生慢。随后，我主动找他沟通，经过畅所欲言的交流后，他终于向我坦言，他对预防医学不感兴趣，他真正喜欢的是考古学，并且已经申请了中国科学院考古专业的硕士。了解到这些情况后，我主动建议他把论文选题调整为诺如病毒的进化规律研究，他欣然接受。后来，他积极查阅文献、主动汇报研究进度，不仅高效顺利地完成了毕业论文，还掌握了考古专业的生物进化的统计分析方法。有一天，我收到了一个从西藏寄来的快递，里面是一块精致的小虫化石，原来这是他毕业后跟队去青藏高原考古时挖到的，他说这是他考古发现的第一块化石，一拿到手他就想寄给我，因为他觉得带教期间我给了他莫大的心理支持，他特别想感谢我尊重了他的兴趣和专业选择。现在，这块小虫化石就摆在我的书架上，每

学生送的来自青藏高原的化石样本

次看到它,我心里都充满感动。这段经历让我认识到,每个学生都有广泛的兴趣和无穷的潜力,老师要做的就是观察学生的长处和能力,结合学生的实际情况和自身风格,选择适合学生特点的教学方法,有针对性地带教,发挥学生的长处,弥补学生的不足,激发学生的学习兴趣,树立学生的学习自信心,促进学生的全面、科学发展。

第二个小故事让我体会到,学生培养工作要耐心。我今年招收了一名博士生,她也是我2021年招收的硕士生。刚入组的时候,因为对研究内容不熟悉,她每天都充满负面情绪,认为所有的研究都没有意义,对分配的科研工作消极抵抗。我认真跟她沟通几次后发现仍然无法消除她对科研项目的疑惑和负面情绪,所以我换了一种引导方式——带她参加该研究领域的研讨会,让她从别人的临床实践或研究结果里切实了解我们的研究成果的实际意义,从而激发

在北京大学医学部小花园与毕业学生合影（中）

她的研究兴趣。我带她参加了一次在河南信阳举办的关于发热伴血小板减少综合征（SFTS）的研讨会，大会以主题报告的形式肯定了我们团队的科研成果：免疫球蛋白对SFTS患者挽救生命或改善转归无效，临床应该慎用。当听到多位临床医生肯定我们的研究结论并将停止对患者使用免疫球蛋白时，她一改之前消极的态度，主动查阅文献并积极争取相关的科研任务，产出了多篇高质量的文章，并顺利通过博士生面试，继续跟着我攻读传染病流行病方向的博士学位。我认为学生的学习、成长是一个复杂而重要的过程，老师与学生朝夕相处，是他们最重要的引路人。当学生对科学研究产生不良情绪时，老师要用恰当的方法进行耐心的引导，调动学生参与科学研究的积极主动性，培养学生良好的学习习惯和科研兴趣，不抛弃、不放弃任何一个学生。

第三个小故事让我体会到，学生培养工作要重视社会实践。实践出真知，只有多去现场调研、多参与基层交流，才能走出象牙塔，体验真实的社会生活，才能快速地成长和成熟。因此，我鼓励学生积极参加挑战杯、暑期社会实践等活动，并多次担任活动的指导老师。2022年，我参与指导一支由医学生组成的社会实践团队前往江苏宿迁、河南洛阳两地进行健康素养调研。医学生们走进村民家中，面对面向他们科普健康生活的重要性，现场调研并亲身体验基层医疗状况，了解老百姓的健康问题及需要提供的医疗帮助，助力乡村振兴与"健康中国"国家战略。返校后，实践团队的学生们纷纷表示，这次实地调研的经历让他们真正认识到了公共卫生的重要性，更加坚定了学医救人、学医报国的决心。这支实践团队成果丰硕，先后被《人民日报》、新华社客户端等多家媒体报道，并从全校250余支思政实践队伍中脱颖而出，成为8支重点展示队伍之一，郝平书记等校领导专程前来观看、指导，我也因此荣获北京大学优秀指导教师奖。读万卷书也要行万里路，学生不缺乏对理论和知识的学习、训练，需要的是通过社会实践增长见闻、拓宽视野。只有通过实践，学生才能更好地理解书本上的理论和知识，并在实践中将其"化为己有"。老师需要重视对学生实践能力的培养，努力把学生培养成脚踏实地的实干家和实践家。

教育在于知识的传承，更在于品德的铸造和心灵的启迪。作为一名教师，我深知爱岗敬业、教书育人的重要性，所以从不敢懈怠，一直不断强化、提高自己的思想觉悟。成为拥有理想信念、道德情操、扎实学识、仁爱之心的"四有好老师"，是我一直追求的奋斗目标。我将以赤诚之心，承担起教育者的责任，做学生的良师益友，引领学生在青春的舞台上绽放自我，与学生共同成长为建设祖国的中坚力量。

以学生为中心的
相处之道

罗 欢

北京大学心理与认知科学学院长聘副教授、副院长，北京大学 IDG 麦戈文脑科学研究所研究员，国家优秀青年科学基金获得者，入选长江学者奖励计划青年学者项目；担任多个国际高影响力期刊编委；其实验室作为世界上六个实验室之一参与高影响力国际意识项目 COGITATE。主要研究领域为注意、记忆、学习等认知过程的人脑神经机制。承担国家自然科学基金重点项目、科技创新 2030 重大项目等多项，研究成果入选 2020 年度"中国神经科学重大进展"，在 *Nature Communications*、*PLOS Biology*、*eLife* 等期刊发表高水平论文多篇。获第九届高等学校科学研究优秀成果奖（科学技术）一等奖（第二完成人），2022 年北京市优秀博士论文指导教师，北京大学青年教师教学基本功比赛理工科类一等奖、曾宪梓优秀教学奖等奖项和荣誉。

很荣幸有机会与大家分享我作为大学老师的一些心得体会。我的研究领域是脑科学和基础心理学，所以从这个角度出发谈谈我的看法。知识通过感官进入大脑，经过神经可塑性的记忆巩固过程，最终存储在脑网络中。如何高效地学习知识并激发创新思维？如何把知识应用到日常工作和生活中？如何灵活地学习以实现知识的跨领域泛化？如何从学习中找到兴趣点进而产生继续学习甚至终身学习的动力？这些都是教育领域的核心问题。其实，这种可塑性不但和学习有关，也可以拓展至方方面面。这也是我在这里主要想谈及的经验和观点，即生活经历会在我们的大脑中留下印迹，这些逐渐累积的记忆印迹最终会影响个体的感知和决策。通俗地说，经历塑造了世界观和人生观。老师在学生的求学经历中起着极为关键的作用，说是决定了他们的未来人生轨迹也不为过。

大学生是闪闪发光的年轻人，是早上八九点钟的太阳。他们饱含朝气和锐气，对世界有一种近乎理想的期待。然而，由于阅历有限，他们又可能会在自己的学习和研究生涯中屡屡受挫。比如，从小到大的优等生在科研上却一筹莫展，付出努力却未能取得预期的成果，要面对生活中与考试截然不同的极大不确定性，等等。如果这些经历在他们年轻时没有得到适当的理解和融合，就会成为一种负性信息，改变他们大脑中的记忆和知识，进而严重影响他们之后的生活态度和做事方式。

在北京智源大会上做报告

我在和学生的相处中秉持一个基本原则：以学生为中心。大学这一学习阶段有一个特点：与过去学习有固定答案的课本知识不同，科研工作需要探索未知，在混乱中寻找和推导规律，因此充满了极大的不确定性。这常常会让很多学生无所适从，他们在信心上可能会受到沉重打击，进而产生对自身价值的怀疑。所以，我的基本方法就是帮助他们建立相对客观的自我认识和对真实科研领域的了解。以下我举三个例子进行说明。

我的一个博士生起初对自己各方面都信心不足。我发现她的特点是科研动机很强，有很强的钻研精神，于是给她分配了具有高挑战性的科研项目，可谓"高风险、高回报"。这个项目极大地调动了她的积极性，她也完成得相当出色，并在从实验到投稿的过程中表现出非常强的科研韧性。我给予了她最大的支持和陪伴，我们一起努力、一起解决问题、一起克服困难、一起熬夜修改论文。最终，

参加中国神经科学学会年会期间

当文章被一家高水平期刊接受时,她获得了很强的成就感,并对自身价值有了更深刻的认识。毕业前一年,她因健康问题,需要尽快手术,情绪波动非常大。在这一过程中,我始终与她保持密切沟通,在心理和经济上给予最大的支持。幸运的是,手术很成功。该学生的博士毕业论文最终获评北京市优秀博士学位论文。毕业后,她面临是否出国继续深造的选择,她的父母希望她回老家找一份安稳的工作,但她自己内心向往科学的殿堂。通过几次深谈,我鼓励她遵从内心的声音,选择适合自己的道路。她最终决定继续深造,并顺利获得了德国洪堡基金的支持。

另一个学生的情况则与之不同。她从小就是优等生,在北大本科第四年进入我的实验室实习时,接手了一个非常有挑战性的项目，没想到很幸运地成功了。她在博士研究生二年级时就发表了高水平论文，获得了各种奖项，并在国际会议上进行了口头报告。然而，由于后续实验不顺利，博三开始时她陷入自我怀疑的瓶颈期，有些一蹶不振。在这种情况下，我建议她做一些"低探索性"研究，以学习技术和重复实验为主要目标。我认为，这种训练可以帮助她回归一个正常的工作状态，降低过高预期，同时锤炼基本功。她在这一过程中最终平复了态度和心情，获得了对自己更为客观的认识，也恢复了科研信心。博士毕业后，她希望继续留在实验室，我则鼓励她离开舒适区，去开阔眼界。她最终获得了博士后交流派出项目资助，赴英国从事博士后研究。

在武汉大学交流期间

生活照

最后一个例子是北大本科推免跟我读博士的学生。他基础扎实但较为迷茫，读博士对他来说似乎是一个模糊的选择，只是可以试着走走的一条路。最开始，和大部分优秀的学生一样，因为从小学业优异，他期待自己博士阶段的研究能在短期内取得重大成果，于是想了很多有趣的点子。然而，他屡试屡败，结果总是不尽如人意，于是他在情绪上有了波动，陷入了情绪低谷。我和他交流，建议他保持科研的平常心。我告诉他，科研不仅是一种追求成果的过程，也是一种学术训练的过程，要在这样长期的过程中，不问收获、只问耕耘，积累自己在理论、实践、工具等方面的经验和能力。他慢慢地接受了这种读博的生活方式，逐渐放下了自己做出大成果的执念，而是选择了一个看上去并不那么酷炫的题目，把精力投入每天的问题解决，认真细致地完成每件事情。他也尝试了很多实验室此前未曾尝试过的新工具和新方法。我们经常开玩笑说，一个课题看上去无论是否酷炫，都是自己无法选择的"宝宝"。宝宝先天不同，而我们要做的就是像父母一样把这个宝宝认真养大，投入自己足够的精力陪伴和养育，让宝宝健康成长。他越来越沉稳，越来越心无旁骛地集中于项目本身的进展，焦虑的情绪也有了很大改观。几年之后，他的研究取得了相当大的进展。相关成果得以在国际会议上报告，也得到了该领域专家的一致认可。这个学生毕业之后希望进入业界，我也非常理解他的选择。毕业答辩后，他很有感慨地总结道，博士的五年是很充实的，他学习到很多东西，掌握了很多前沿技术，对于未来也充满了信心。通过博士期间的训练，他明白了，做任何事情都需要付出努力，见微知著，而不是空有理想；同时，他学会了理论和实践要相辅相成。这些都是书本里学不到的知识。

总结来说，以学生为中心是我的工作信条。作为导师，我们是学生最为宝贵的青春年华中的陪伴者和引领者。我们不能事事代替，也不能撒手不管。我们需要和他们一起奋斗，让他们感受到被帮助、被支持、被认可。他们每个人在背景、个性、能力、追求方面皆有不同，因此不能一刀切地处理，而是要根据每个人的特点，帮助他们建立信心。这些共同工作和战斗的经历都会在他们年轻的大脑中留下深深的印迹，也决定着未来他们如何生活、如何工作、如何对待他们自己的学生。我想这就是传承的力量吧。

传道自然

吕　植

北京大学生命科学学院、生态研究中心教授，北京大学博雅特聘教授、自然保护与社会发展研究中心执行主任，山水自然保护中心发起人；兼任中国女科技工作者协会副会长，"联合国生态系统恢复十年"行动计划（2021—2030）顾问委员。致力于自然保护和人类可持续发展的基础和行动研究，并在研究与实践之间搭建桥梁，为人与自然和谐共生提供基于证据的实用解决方案。主要研究领域包括动物学、生态学、保护生物学、生物多样性保护等，多次参加和组织联合国气候行动峰会、生物多样性峰会的边会，在联合国平台上代表中国为自然发声。主编丛书3套，出版专著20余部（含英文专著3部），发表论文80余篇。获"中国十大杰出青年"、杰出青年科学奖、《纽约时报》"The Bright Young Stars of China's Future"、全国环境保护杰出贡献者奖、中国青年女科学家奖、关键生态系统合作基金（CEPF）"Hotspot Hero"（全球热点地区英雄）、"爱心奖"等奖项和荣誉。

我是吕植，北京大学生命科学学院保护生物学教授，是一个自然保护的研究者和实践者。保护生物学，是一门旨在应对现代世界中的生物多样性危机的应用学科。从我进入这个领域到现在，已经有接近40年的时间。在这几十年间，我很幸运：能够近距离观察大熊猫、雪豹这样为大众喜爱的明星物种，与它们建立紧密的联结；还在工作中走遍了祖国的大山大河，目睹了地球上最绚丽恢宏的自然美景，深入秦岭、横断山、可可西里、羌塘、墨脱等人迹罕至的原野腹地，去感受和体悟自然的脉搏与温度，并且了解和体验当地社区的生活和需求。我得以师承北大生物系的潘文石教授和乔治·夏勒等世界知名学者，他们引领我学习领域内最前沿的知识和理念，而且领悟在困难的时候仍须坚持理想，独立思考。

更重要的是，与此同时，通过政府与民间机构的平台，我能够率先将科学知识与保护实践、将生态保护与社区发展进行结合和试验，力求提出适用于中国的自然保护与社会发展相结合、相平衡的路径与解决方案。今天，生态文明被列为全党全国的重大战略任务，成为政府职能内容之一。我们曾经倡导的人与自然和谐共生的理念，如今已经成为很多人的共识。因此，我们唯有更好地工作，才能不负祖国和人民的期望，才能不负时代的重托。

近些年，越来越多优秀的青年学子愿意为生态保护贡献力量，选择了保护生物学作为自己的志业。保护生物学是一个综合性的学科。不同于人们通常对于野生动物学者离群索居、醉心荒野的

"北大教授茶座"现场

印象，保护生物学者需要更开放、广阔的视野，既需要基于自然科学，又需要人文、社科相关的知识与训练，还需要与众多利益相关方沟通合作，为地方和当地社区的发展和生计提供生态友好的方案，并开展面向公众的传播活动。因为，生态保护的问题归根到底是人的问题，保护生物学的最终目标是把知识和研究成果转化成能够拯救生灵、护佑山水的对策。

在培养学生时，我十分注重对他们主动性、独立性的培养和综合能力的训练。例如，在学生选择加入我的研究团队之前，我都会明确提出，研究生阶段不是一个单纯的"完成指定任务—学习技能—高效产出"的过程，而是独立思考、学习，以科学证据为基础，进行可行的保护建议的完整过程。因此，学生要在了解实验室的工作方向以及阅读文献后，首先自主提出并尝试写作完整的项目建议书、申请研究资助。习近平总书记特别指出，要把论文写在祖国大地上，而保护生物学就是一门与自然和人都密不可分的学科。

参加囊谦国际自然观察节（Kyle Obermann 摄）

因此，我要求课题组的学生不论个人的研究对象和方法是什么，都必须完成一定量的野外工作。在野外工作中，学生能对自然和社区有直观的体察、了解与感悟，并且锻炼独立生活和关照他人的能力。尽管这个过程对大多数学生而言具有挑战性，甚至要经历痛苦，但最后的效果是显著的。

  更有效的教育，是言传身教。在野外，我会定期与每个学生共同工作一段时间，不仅一起在现场发现问题，讨论他们的研究逻辑和数据，而且与他们共同解决方方面面的问题。我很欣喜，这些曾经十指不沾阳春水、一心只读圣贤书的学生，不仅学会了在野外做饭、在户外驾车完成科研任务，也学会了与来自不同背景的伙伴沟通相处，组织和领导野外研究团队把工作安排得井井有条，不仅能够写出高质量的学术论文，也能够写出好读易懂的政策报告和科普文章。他们能够跟保护区的老百姓谈笑风生，也能够在国际舞台上讲好生态保护的中国故事。

特别值得一提的是，自2003年开始，学生们自发组织了对北京大学校园生物多样性的监测。在这样一个1平方千米、5万多人生活的校园区域，迄今记录有约1000种动植物，包括230多种鸟，超过中国鸟种总数的1/7，令人赞叹！为此，经学生们提议、校长办公会同意，中国第一个"校园自然保护小区"成立。该案例入选联合国COP15生物多样性全球典型案例，为城市中人与自然的和谐相处提供了示范。学生们在这个案例中起了主导作用。我相信，这些学生是能够肩负起祖国和人民担子的时代新人，可以成为生态文明事业的合格建设者和接班人。

面向北京大学全校本科生的通选课"自然保护：思想与实践"的课堂，是我格外珍视的另一个传道授业的场所。每年秋天，我都会勉力安排时间，争取每周都能与100多名选课学生面对面。每年，我都会在课堂上讲授关于生态保护的最新知识和我最近的思考，力求把书本上看不到的内容介绍给学生们。生态保护需要专业人士的调查研究，更需要每个普通人的支持和行动。从事生态保护的专业人士终究是少数，而通选课课堂上来自全校不同专业的学生，终将走向各行各业，成为社会的中坚。这门课程在他们心中埋下的生态保护的种子，将会在适当的时候开花结果，在社会的各个角落为生态文明建设添砖加瓦。

在象群里，一些老年大象会承担起整个种群生命传承的重任，它们会记得迁徙路上的水源和食物之所在，教授小象们生存之道，以使种群生生不息。我受益于师长，也理当这样指引与护佑后辈的成长。我期待着雏凤清于老凤声，青出于蓝胜于蓝。代代相承、久久为功，再造绿水青山需要持之以恒地努力，我和我的学生们将为此不遗余力、继续奋斗，让这个世界变得更好。

在化学的世界里播种未来

裴 坚

北京大学化学与分子工程学院教授、博士生导师、党委书记，长江学者奖励计划特聘教授，国家杰出青年科学基金项目获得者，英国皇家化学会会士，我国有机高分子领域知名专家。讲授"基础有机化学""立体化学""《有机化学》阅读班"和"中级有机化学"（获评国家级一流课程）等课程多年。主持多项国家重大科研项目，出版《基础有机化学》、《中级有机化学》（北京市高等教育精品教材）等教材多部，发表SCI论文300余篇，授权专利12项。获中国化学会－巴斯夫公司青年知识创新奖，中国化学会－赢创化学创新奖，全国优秀教材（高等教育类）一等奖，教育部自然科学奖一等奖，国家级教学成果二等奖（2次），北京市科学技术奖二等奖，北京市、北京大学教学成果奖，国家级、北京市教学名师等奖项和荣誉。

我是北京大学化学与分子工程学院的裴坚，一名讲授"基础有机化学"课程的老师。在这里，我想与大家分享我对教学和教育的一点理解。

关于师生关系

我 1967 年出生于浙江舟山的一个小岛，1985 年入学北大，在化学系读书 10 年；2001 年回国到北大工作后，陆续开设了"立体化学""中级有机化学""《有机化学》阅读班"等课程，2008 年开始接手"基础有机化学"课程的教学工作。现在，有些课程已经交到了年轻老师的手里。有些年轻老师曾是我课堂上的学生，现在成为我优秀的同事。在这个传递接力棒的过程中，我体验到自己和学生们的成长，感受到教学团队的传承。至今，"中级有机化学"课程已经开设 21 年，"基础有机化学"课程也已经讲授 15 年有余。

"裴成环"是学生们对我的昵称，还有学生专门为此作了诗。可能因为我总说，环是有机化合物中最稳定的结构，也是自然界中最美的一种结构。甚至有一年，国际化学奥林匹克竞赛组委会还给我发来一块写着"Cyclization Pei"的铭牌，这让我非常高兴。实际上，我觉得这个昵称表明学生们认可了我对有机化

本科"基础有机化学"授课照

学教育的理解和追求,认可了我的教学风格。我很喜欢,也很感动。

　　化学是一门极富魅力的学科。我想,每位选择化学的学生都充满了热情和梦想。他们怀揣着对化学的热爱和对科学的追求,勇敢面对人生中的未知领域,积极地去挑战每个极限。实际上,我本人也与这些选择化学的学生一样。正是化学的魅力,使我在化学教学和科研的路上坚守、前行。作为老师,作为学生的学长和朋友,我觉得自己有责任和义务去帮助他们,在他们遇到困惑和选择时去引导他们。如果通过我的帮助,他们能在自己喜欢的道路上走得更远、更好,那就是我此生最幸福的事。这就是我对师生关系的理解,更是我的老师和我、我和我的学生对共同认可的精神、文化的传承和延续,正是这种理解使我们的工作更加美好。

关于有机化学的教学

有机化学是一门非常有意思的学科。每个有机分子就像我们每个人，这些有机分子可以在不同的反应条件下进行不同的有机反应，转化为不同的产物。这个过程正如我们每个人在成长的过程中受到不同人的引导（指导或影响），从而做出不同的选择一样，最终走向不同的人生目标。因此，有些同学觉得这个学科非常有魅力，千变万化且具有清晰的逻辑和规律；但有些同学认为很难掌握其基本规律，无法理清这门学科的逻辑思维，觉得学习难度很大，甚至把有机化学称为"玄学"，并试图通过死记硬背去掌握它。实际上，我觉得，只要理解和融会贯通有机化学中不同的知识点，这个学科便非常容易学习而且极富吸引力。我尝试了各种教学办法和更新教材体系，以让学生们更好地理解这门课程的逻辑思维方式。20多年过去了，我感触比较深的有两点。

第一，常为新。有机化学的发展日新月异，知识的更新速度非常快。20世纪50年代的知识也许现在已经过时了。所以，我们需要常更新我们的教学内容，需要将最新发展情况及时呈现给学生。我常调研国内外新的教材，不断调整自己的课件和讲义，更新自己的教学思路和体系。例如，20年前，我按照经典的官能团分类方式讲授；几年后，我增加了部分专章，将分散在各章的类似内容集合在一起讲授，以便学生更容易理解有机化学的思维方式；而现在，我把反应的中间体或中间活性物种作为核心进行拓展性讲授。虽然这需要花费大量时间重新制作课件、写新的讲义，但可以确保学生们学到的永远是最新的知识架构。在这个过程中，我也不断告诉他们，科学可以而且一直在被证伪，所以才会历久弥新，才会吸引更

在实验室指导学生科研工作(左二)

多的年轻人。

第二,教学为新,更要为真。在教学的过程中,我也需要完成许多科研任务。这使我深刻体会到教学与科研结合的重要性。我们需要随时将最新的科研发现展示给学生,让他们去体会如何利用现有的知识解决未来的问题。因此,我总会从相关文献中精心挑选讲授一些最新的研究进展或历史过程内容,希望学生能通过对实例的分析来学习基础知识、开阔视野,也在解决问题的过程中更加充满信心。

对于考试,我坚持开卷考,也坚持对学生进行一对一的面批。"有机化学"和"中级有机化学"每年有近300位学生,期中、期末4次考试,工作量不小。但只有在面对面与学生沟通的过程中,我才能真正发现学生在学习过程中遇到的问题及其原因,帮助学生及时消除困惑。我鼓励学生提出"傻问题",而我自己必须认真对待这些问题，耐心讲透，确保学生真正理解并掌握。我享受这种辛苦但是有获得感的教学过程。

关于教育理念

我自己觉得，高等教育不单是学历提升和专业培训的过程，更是学生提升自己的逻辑思维能力、独立思考能力以及终身学习能力等的重要阶段。大学的学习阶段不只是学习知识，更是人生观、价值观和世界观形成的关键时期。老师如何在学生面前展现自己各方面的素养，将会深刻影响学生对这个社会的理解和其后续的发展。大学是学生在自己的成长道路上学习自我求"道"的重要阶段。目前，"快乐教育"并不适用于高等学校。关于大学教学改革，不能简单采用"减负"的方法，而应该在对学生进行全面、系统的专业知识教育的同时，培养学生自主思考的能力和科学的批判精神。老师需要不断"挑战"学生，激发学生的潜能、求知欲和热情。学分制、选课制、学生规模的扩大以及专业的衍生和拓展，对我们的课程数量和质量提出了更新、更高的要求。

因此，我曾在本科生课程设置上进行过一系列改革。比如，倡导进行小班讨论，并率先开设了"《有机化学》阅读班"课，请学院多位有成就、有活力的年轻教师带领学生阅读、讨论化学中不同的专业性文献，以加深学生对化学学科前沿信息的了解。

我也鼓励本科生参加课外科研训练，并安排在科研方面有突出贡献的教师，如院士、"杰青"等直接参与指导本科生科研，以提高本科生科研水平；还增加了国际交流环节，以使优秀的本科生有机会去其他国际著名大学学习和研究。

另外，为了使本科生在入学后更快地了解所学专业，我完善了课程体系设置，将本科生专业基础课上课学期前移，以使学生在低年级时就能接受较多专业训练，尽早找到自己的兴趣方向。

希望通过这些做法，能为学生们创造一个开放的学习环境，激发他们的学习热情和科研潜能，使他们成为优秀的化学人才。

育人，更多是育己。20多年的教学让我深刻感受到，我教授给学生们的，远远不如他们给予我的。学生在学习过程中提出的问题促进了我的教学和科研能力的提升。教学相长是我这些年最大的体会。因此，学生是我一直努力的动力所在。谢谢我的学生们，希望我能做得更好一些。

拓展无他，爱与榜样

钱永健

北京大学体育教研部副教授、素质拓展课教师，国家高级拓展培训师，国家级社会体育指导员、教练员、裁判员，北京大学拓展与户外研究中心主任、创业训练营导师，北京市大学生体育协会拓展分会秘书长，中国少年先锋队特聘辅导员，井冈山全国青少年革命传统教育基地特聘教授，中国人民公安大学客座教授，国务院、教育部、体育总局、税务总局、团中央等单位拓展课程主讲教师，中国女子篮球队、中国蹦床队、中国冲浪队等团队建设主教练。主持课题近10项，出版《拓展训练》《拓展》《自助拓展培训》和《党员体验式教育活动研究》(合编)、《365种放松方式》(译著)等著作10余部。获北京市优秀教材奖、首都高校"职业的梦想——我是体育老师"演讲比赛一等奖，北京大学优秀班主任、优秀教学奖、优秀共产党员等奖项和荣誉。

我是北京大学体育教研部的钱永健，在学校主要教授素质拓展训练课，我用"拓展无他，爱与榜样"这个题目分享"为党育人，为国育才"的故事或往事。

我们知道，拓展训练起源于海员求生。库尔特·汉恩博士在对海难幸存者的研究中发现，活下来的是那些年龄偏大的人，他们有较强的求生欲和坚定的意志，善于合作，更重要的是他们都有一些战胜类似困难的经验。于是，汉恩博士在威尔士的阿伯德威成立了第一所拓展训练（outward bound）学校，让海员在冒险和体验中学习经验：如同一艘船在暴风雨来临时，义无反顾地驶向波涛汹涌的大海，去迎接未知的挑战，战胜困难、发现机遇、完成使命。

2003年，北京大学率先引入拓展训练课。我有幸成为最早的实践者，在国内撰写第一本关于拓展训练的书、创建第一个拓展研究中心、成立第一个拓展协会、召开第一届拓展论坛和举办第一次拓展比赛，不断在全国高校推广普及拓展训练。现如今全国高校几乎无一例外地都在开展各种拓展活动，其中700多所学校开设了拓展课。北大"敢为先"的精神和家国情怀的使命召唤，让我在创新、共享和引领中与中国高校拓展一起成长。

从教拓展课开始，我干了几件之前我自己都不相信自己敢干的事。2006年，为了更安全地上好拓展课，我捐出一年工资改建了拓展高空训练架，六年后又用同样的方式翻修了求生墙。在拓展教学

2016年，在第六届中国拓展界年度峰会上发言

中，我常常思考"教师如何和学生站在一起战胜困难，而不是和困难站在一起'战胜'学生"，"为什么学生都喜欢轻松热闹的体育活动，但又会自责没有温和而坚定地滋润内心、强健肌体"，于是反思"正确地做事"和"做正确的事"在体育教育中的区别到底是什么。

除了反思，更重要的是去做，在做中学，在做中开启观察和引导，让学生发现更好的自己并为其今后的发展赋能。在高空冒险挑战活动中，除了担心学生的安全，最纠结的事就是学生会在高高的"断桥"上不敢迈出最后一步、在高空抓杠的圆台上不敢大胆起跳抓杠。多次鼓励无果后，当挑战者想要选择放弃回到地面时，学生中有人会选择继续加油，有人会找我问询能否让同学下来、"解脱"于困境。此时面临一个艰难的选择，选择继续"煎熬"和找办法可能会成功，选择放弃看似轻松但可能会产生不好的心理影响。学生在项目中发现潜能、突破自己，我也在拼命地发掘潜能，找各种办法来引导学生完成任务。随着教学经验的积累，近十年来几乎没有学生因恐高放弃挑战。他们在发现自我、挑战自我、突破自我和成就自我的进程中完成任务后，那些能自己完成活动、感觉活动很简单的学生，会为遇到"较大困难"并最终完成任务的同学欢呼、祝福、激动。学生通过活动发现，帮助别人成功可以让自己如此快乐，反思分享后了解到这是领导力的一种潜质，并将"帮助别人成功可以让自己幸福快乐"植根心中。

一个毕业六年的学生回来看我，讲起他的不幸和困难时说："谢谢您，我在最困难时就会想起您说的那句'无论遇到多大的困难，都告诉自己再给我点时间试试'，这句话让我度过了最困难的那段时间。"还有一个学生创业者带领几位高管回到曾经上课的地方，对我说："这个月我的员工刚好过万，汇报的第一人是导师，您是第二位。拓展课对我创业的帮助太大了，不论是课上'关注活动本身，也要关注做活动的人'的训练，还是对'团队全价值契约'的理解，在创业中我会经常想起拓展课上的同学和您说过的很多'金句'。"

拓展课上共同"求生"的经历让很多团队多年以后还能保持联系。2007年，有一个叫"猎鸟队"的队伍。课程结束一年后，一位出国学习的女生查出乳腺癌晚期。她在QQ群里和队友说："治疗免费，条件也不错，就是略显寂寞。"其后，队友们做出一个大胆的决定，筹集资金买机票接她回北京接受治疗。后来，队友们轮流到北京望京医院去陪她，其中一个毕业去深圳工作的队友请假回来看她。他们一起学习、打牌、练太极，寒假时还"召唤"这个女生的男朋友从新加坡回来，给他俩举办了一个小型婚礼。有一天她突然昏迷，几天后人走了。在追悼会上，她的导师说："正是因为有这群同学的陪伴,她生命的最后阶段有了尊严……"后来才知道,队友们承诺帮她照顾家长;再后来,据说很多队友的家长还见过面。

"说教入心,体验入魂。"学生们会在高空挑战时用绳索保护同学的生命,在信任背摔时用双臂托住同学砸下来的身体,有过这种经历的同学不是姐妹亲如姐妹,不是兄弟胜似兄弟。还有很多说不完的故事,我将很多记录封存在记忆里,学生们也会把他们的故事做成精美的纪念册送给我,每当翻阅时我都感到幸福满满,所有在他们冒险时的担心,在他们面对求生困境时的着急,都变得不值一提。

除了积极、正向和永不放弃,服务精神也是拓展训练的重要理念。每年我都会很开心地参与一些公益活动和志愿者服务工作,如北大校运会的趣味项目设计、平民学校拓展活动、雏鹰社周年庆和乐运会,以及首都高校拓展运动会等公益服务活动,都坚持做了很

在网球赛事现场体验

多年。北大前工会主席曾对我说,"钱老师是最具公益精神的老师"。2023年工会活动后,当时的工会主席颁发给我一张"北大好人"胸卡牌,我们开心地互动。能够带动更多的人一起锻炼身体、开心玩耍、共同成长,也让我内心感到愉悦,我会将拓展的服务精神继续坚持下去。

为了更好地积累和成长,我会定期学习新的体育项目并坚持练习和提高水平,还帮助学生创办了健身协会、轮滑协会、风雷社等多个社团,教过健美操、太极拳、游泳、网球、拓展等十多种体育课程,前两年更努力学习并考取了国家级飞盘教练员和裁判员资格证,并在2023—2024年第一学期开设了飞盘课。柏拉图说,"让我们为灵魂而锻炼身体";库尔特·汉恩受柏拉图影响提出,"通过身体锻炼成长,而不仅仅锻炼身体"。让身体与寄载在身体之上的思想、精神和灵魂在发展体能中一起发展,是我在教学中追求的目标。为了这个目标,我上课十多年,没有请过一次假。关于我深爱的体育教学工作,我用我的几句小诗自勉:

> 我用我生命的一半来爱你,留一半给自己,好让我活着,继续爱你。

与学生一起成长

尚俊杰

北京大学教育学院长聘副教授、研究员、博士生导师；曾任北京大学教育学院副院长、教育技术系主任，现任北京大学学习科学实验室执行主任、基础教育研究中心副主任，兼任教育部高等学校教育技术专业教学指导分委员会委员，中国教育技术协会副会长，中国高等教育学会学习科学研究分会常务副理事长、秘书长等。主要研究领域包括学习科学技术与设计、游戏化学习（教育游戏）、教育数字化等，致力于将学习科学、人工智能和游戏化学习等新技术整合起来，探索学习的深层机制，设计与研发学习环境，促进学习科学与课堂教学深度融合，打造新快乐教育理论体系，让学习更科学、更快乐、更有效。获北京大学教学卓越奖、北京市高等教育教学成果奖一等奖、第九届高等学校科学研究优秀成果奖（人文社会科学）二等奖等奖项。

大家好，我是北京大学教育学院老师尚俊杰。我1991—1999年在北大力学系读书，硕士毕业后留校任教，2004—2007年到香港中文大学教育学院读博士，2008年回到北大教育学院教育技术系工作。这些年来，我的研究方向主要是学习科学、游戏化学习和教育数字化等，致力于将学习科学、人工智能和游戏化学习整合起来，让学习更科学、更快乐、更有效。

将教学、研究和服务深度融合

大家知道，自20世纪90年代开始，以多媒体网络技术为代表的信息技术逐渐对教育产生了革命性的影响；进入21世纪以来，以教育信息化推动教育现代化也成了国家教育领域的共识。习近平总书记在党的二十大报告中提出要推进教育数字化，建设全民终身学习的学习型社会、学习型大国；2024年1月，教育部怀进鹏部长也强调要将教育数字化作为开辟发展新赛道和塑造发展新优势的重要突破口，为教育现代化和教育强国建设提供有力支撑。由此可以看出，我们教育技术专业的研究对于当前的教育发展是多么重要。

从研究角度来看，1879年，冯特建立了第一个心理学实验室，学习的科学化的研究也同时拉开了帷幕。100多年来，巴甫洛夫、桑代克、斯金纳、加涅、米勒、杜威等等，一代又一代学者致力于

在芬兰

研究学习问题。只是由于人脑的复杂性和实验条件的限制,研究进展确实不够快。不过,在诺贝尔物理学奖获得者卡尔·维曼看来,教育研究与物理研究等前沿"硬科学"研究存在很多相似性,都是混乱、复杂和不确定的,所以教育学可能是人类最后一门"硬科学"。当前,以 ChatGPT 为代表的生成式人工智能的快速发展,对教育构成了巨大的挑战,产生了巨大的影响,不过也给教育变革带来了新的机遇。也许随着以人工智能、元宇宙、脑科学为代表的新技术的发展,我们会真正研究清楚人究竟如何学习,如何促进人有效地学习,如何让人快乐、有效地学习。

置身于这样的时代,能够为推动国家教育发展、推动人类学习研究做出一点儿贡献,我感觉自己很幸运,所以我对自己的研究方向抱着虔诚的信仰和极大的热情,每天都沉浸在研究的幸福之中。而且,更幸运的是,我的研究方向和教学内容是吻合的,所以比较容易把教学、科研和服务融合起来。具体来说，就是我可以把自己的研究成果和心得体会应用到课程教学、指导学生、教材建设等环节，全面促进学生发展。

享受教学工作中的幸福

执教以来，我确实也取得了比较不错的育人成果。1999 年留校，我最初教文科生计算机基础课，尽管我当时的教学经验还不是很丰富，但是我满怀热情，努力讲好每节课，也受到了学生们的认可和欢迎，其中就有优秀的北大校友、1998 级中文系学生龚海燕。我当然知道她的成功和我教的内容没什么关系，但是也确实感受到了教学工作中的幸福。2008 年以来，我指导了 30 余名教育技术系的硕士、博士研究生，其中有 10 余人获评优秀学位论文或获得了优秀毕业生等荣誉，许多学生已经在教育数字化领域承担重要工作。我现在还担任 2020 级教育博士班（EdD）班主任，该班也荣获北京大学优秀班集体称号。这些学生都是在职博士生，学习时间比较紧张，能够获奖也很不容易。当然，他们能获奖，离不开学院各位领导和老师的指导和帮助。身为班主任，我非常开心。

作为北大教师，我觉得自己也有责任帮助全国乃至全球的学生，所以我也曾带领全系老师在北大研究生院的支持下连续 10 年举办教育技术前沿暑期学校。教育技术领域的许多青年学者都参加过这个暑期学校，因此我们也荣获北京市高等教育教学成果奖一等奖。在学校教务部和教师发展中心的支持下，我们最近连续几年面向全球本科生开办暑期学校课程。

因为自己在教学方面的倾情投入，也承蒙领导、专家厚爱，我多次获得各类教学奖，并在 2023 年荣获北京大学教学卓越奖。这对我来说不仅是一种肯定，也是一种督促。

如何更好地培育学生？

当然，我知道自己只是北大一名非常普通的老师，与其他优秀老师之间还有很大的差距，不过这里我也想分享在育人方面的四点主要体会，仅供大家参考。对我来说，这也是未来继续奋斗的指南。

第一，要持续提升自己的专业能力。我自己在教学、研究和写作过程中，一直追求"有理有据有观点，有趣有用有意义"。但是，要做到这一点其实很不容易，尤其是在教育技术这样一个发展很快的领域。我要求自己认真践行终身学习的理念，努力把握学术前沿研究方向和趋势，积极促进国际学术交流，不断提升自己的专业能力，从而给学生以正确的指导。

第二，要全身心热爱每个学生。最初指导学生的时候，我也经常产生困惑。后来，我从信息科学技术学院张海霞教授那里学到，要"把学生当孩子养，把孩子当学生带"，感觉问题迎刃而解。此后，在做任何事情时，我都会考虑一下：如果这是我的孩子，我会怎样做？比如，父母自然望子成龙，我就应该努力给学生指出有前途的研究方向，尽力提供足够的研究资源和研究支持，使其成为卓越人才；父母希望孩子有机会到世界各地增长见识，我就积极创造条件让学生去世界各地参加学术会议，并支持学生到美国、芬兰、挪威、日本和中国香港地区等去参加暑期学校或访学，向各位优秀

带学生滑雪（右二）

学者学习。

第三，要把立德树人落到实处。在学生学习过程中或毕业的时候，我经常会送他们两句话。第一句话就是"为荣誉而奋斗"。当学生们从北大东门走进来报到的时候，他们的后背上就被贴上了四个字——"北大精英"。将来不管在什么岗位，他们都要努力对得起这四个字。当然，北大精英并不意味着一定要成为政府官员或者企业高管，在平凡的岗位，也可以做出体现"北大水平"的成绩。第二句话就是"不要让良心焦虑"。学生不管到哪个岗位工作，都不能做对不起党、对不起国家、对不起人民或对不起别人的事情。所以，每位学生将来做每一件比较重要的事情的时候，都要想一想以后回忆起来自己会不会内疚或焦虑。

第四，这也是最重要的，就是要与学生一起成长。传统教育理念特别强调教学相长，通过讲授和学习，不仅学生得到进步，教师也得到提高。和这样一批非常优秀的北大学生在一起，我更是有特别深的体会。尤其是对于人工智能、学习科学、教育技术这些发展非常快的技术相关学科，在某些方面，我自己可能真的不如这些年轻的硕士、博士学生，所以我确实需要放平心态，认真向学生学习。此外，在教育学领域，"教中学"是一种重要的教学方法：让学生通过教别人来学习。在教的过程中，学生可能会发现自己的问题，从而形成更加深刻的理解。所以，我现在要求硕士、博士生定期来办公室跟我分享自己的研究和学习心得体会，通过这种方式，我感到自己确实在与学生一起成长。

努力为建设教育强国再做贡献

当今世界正处于百年未有之大变局，中华民族伟大复兴也正处于关键时期。推进教育数字化转型，推动教育高质量发展，对于促进教育强国建设具有不可估量的重要性。在这个过程中，我觉得北大有责任、有义务、有能力、有基础开展好学习科学与教育技术研究，探索学习的深层机制，推动教育教学实现深层变革，促进拔尖创新人才培养，以教育的力量，点亮希望的灯塔，照亮中华民族伟大复兴的辉煌道路，同时为建设人类命运共同体做出卓越贡献。我自己也会继续努力做好研究、讲好课程、带好学生，为这项伟大的工程做出一份北大老师应有的贡献。

不拘一格，因材施教

汤 帜

北京大学王选计算机研究所研究员、博士生导师，享受国务院政府特殊津贴。主要研究领域包括文档分析与理解、模式识别、信息检索及数字版权保护技术等。主持"基于数字版权保护的电子图书出版及应用系统"项目并获2009年度国家科学技术进步奖二等奖，发表学术论文150余篇，获发明专利80余项。获第八届中国青年科技奖、全国优秀科技工作者、第十五届毕昇印刷杰出成就奖、第八届森泽信夫印刷技术奖一等奖等奖项和荣誉。

我 1983 年来到北大，在无线电电子学系开始本科学习，研究生时转到计算机系，师从王选教授读完硕士和博士，至今在北大学习、工作 40 多年了。

王选老师不仅是我学业上的导师，更是我人生道路上的指路明灯。他通过言传身教，教会了我如何长期跟踪前沿研究方向，并致力于从事"顶天立地"的科研工作。这些宝贵的经验，对我的学术生涯产生了深远的影响。特别值得一提的是，我博士期间的选题，在我从学生成长为北大老师的过程中起到了关键作用。当时，王选老师布置给我一项极具挑战性的任务——研发新一代集成排版软件。这个任务不仅锻炼了我的科研能力和团队协作能力，也让我学会了如何面对困难和挑战。如今，这款软件已经成为国内外最主要的中文排版软件之一。

我从 1997 年开始招收第一届研究生，已有幸陪伴并见证了 39 名硕士生和 15 名博士生的学术成长与毕业。在近 27 年指导研究生的过程中，我深感不拘一格、因材施教的重要，并积累了一些经验。每个学生都拥有独特的知识背景和科研能力，因此，我尽量根据他们的特点，引导他们补齐短板、发挥优势。特别是在选题环节，要让选题与学生的能力和兴趣相匹配，以使他们的研究方向既有挑战性，又能充分展现他们的才华。

例如，我的第一个博士生高良才，入学时就表现出基础知识扎实、自学能力和分析总结能力都很好的特点，因此在选题时，我和

在北京大学王选计算机研究所成立40周年庆祝活动上讲话

他讨论了比较宽泛的方向，给他更多自由探索的空间。入学之初，我跟他讨论了两个方向：一是深入探索数字版权保护技术，虽然该领域成果产出相对容易，但发表高水平论文却不容易；二是研究文档分析与处理技术，虽然该领域存在诸多空白和难点，但若能将其攻克，则有望发表高质量论文。为此，我鼓励他广泛阅读相关文献，深入思考，并结合自身兴趣和能力做出决定。在经过一段时间的文献阅读和思考后，高良才最终决定投身于文档分析与处理技术的研究。在此过程中，我并没有为他设定具体的研究点，而是鼓励他通过文献阅读和调研，自主发现应用中的需求和难点问题，逐步确定研究内容。这样，他在研究过程中充分发挥了自己的主动性和创造性，逐步明确了研究目标和方向。

高良才还善于沟通交流，在攻读博士学位期间多次出国参加国际学术会议，并主动与国内外同行建立了经常性的联系。这使他的

生活照

学术研究水平得到了很大的提高,发表了多篇顶级学术会议论文。在博士毕业时,他已经成为文档分析与识别领域活跃的研究者。高良才留校工作后,仍然带领团队长期从事文档智能方面的研究,该团队成为国际上能够全面进行 PDF 文档智能分析的四个主要团队之一,相关成果已经应用在万方文献查重、小猿搜题、步步高题库、方正慧云教育云服务平台等平台。

  计算机专业的不少学生毕业后倾向于进入工业界施展才华。针对学生的不同志向,在考虑选题时,我会根据学生的就业意向有所侧重,以便更好地实现他们的成长目标。对于毕业后想在学术界继续做研究工作的学生,我会为他们安排探索性、基础性课题;对于毕业后想去企业工作的学生,我会为他们安排比较具体、偏应用的研究。一位 2007 级博士生具有出色的研发能力,但并不擅长论文写作，考虑到他未来希望进入企业工作，我特意为他安排了侧重工程性工作的研究项目。这样的安排不仅发挥了他的长处，还帮助他提升了解决实际问题的研究能力。此外，我还为他配备了几个学生助手，以合作完成这项研究工作。这锻炼了他的团队管理能力，也为他未来的职业生涯打下了坚实的基础。这位博士生毕业进入知名的IT企业工作后，迅速成长，成为该企业的高管。

还有一类学生，在研究问题上表现出较强的专业能力，然而，在相关领域的综合知识以及对研究方向发展的判断力上略显不足。针对这类学生，我通常会为他们提供一些相对具体的研究点，这样既能充分发挥他们的钻研能力，又能在整体方向上给予他们必要的引导与帮助。通过这样的方式，我们可以协助他们更清晰地梳理研究方向，弥补在综合知识和判断力上的不足，从而推动他们顺利地完成学业。

语言学是一把钥匙

汪 锋

北京大学中文系教授、博士生导师，北京大学中国语言学研究中心副主任、语文教育研究所所长，入选长江学者奖励计划青年学者项目，部编语文教材编写组成员。主要研究领域为理论语言学，近年来也致力于语言学与语文教育结合的研究。出版《语言接触与语言比较——以白语为例》等专著。获第七届高等学校科学研究优秀成果奖（人文社会科学）二等奖、第十五届北京大学王力语言学奖二等奖、北京大学教学卓越奖、国家级教学成果奖一等奖（集体）等奖项。

人们每天都用语言来交际沟通，仿佛离开了语言，就难以亲密无间地合作；语言与人的思维紧密相连，仿佛离开了语言，就难以思考；不同的人通过不同的语言来接触世界，仿佛离开了语言，就关上了观察世界的窗口。多么神奇的语言！学习理论语言学，就是要洞悉语言的来龙去脉，让我们更清楚自己的语言世界是如何构建的，从而进一步了解人们的思想、观念如何被语言所影响。在探索的路上，很多令人迷惑不解的问题会迎刃而解。这就是理论语言学的魅力。作为教授理论语言学的老师，我始终在想：怎样才能将自己感受到的语言如此这般的巨大魅力传递给学生，让他们跟自己一样对语言学产生真正的兴趣，一起来探索这个古老而又年轻的学科。

回想我的大学时代，令我印象深刻，并促使我最终走上语言学道路的，正是陈保亚老师的"理论语言学"课程。记得在课上，跟一些照本宣科的老师不一样，陈老师常常抛出一个理论或假说，鼓励学生发表不同的意见或者赞同的理由，然后，他再进行引导和进一步阐释。我印象最深的是第一节课，陈老师问大家：你们觉得"的"和"地"有必要区分吗？正好这个问题我想过，朴素地觉得直接分也分不清楚，说话时也不分，就没有必要分了吧？有些同学不同意："的"用在名词前，"地"用在动词前。讨论一番后，陈老师告诉大家"奥卡姆剃刀"这一简单性原则：我们设置的语言学区分得有"必要"，否则，"勿增实体"。这种教学方式能有效激发我

在研究室

们的思考、追问和推理，大家还常常争论得很激烈，甚至面红耳赤的。真理越辩越明，从中我们感受到了语言学理论的力量，同时这也消除了学术的神秘感，让我们这些本科生感到，语言学原来离我们这么近，也真的很有意思。

我在香港城市大学读完博士后，回到北大任教，非常幸运地跟陈保亚老师轮流主讲"理论语言学"。在这门引领我走上语言学之路的课程中，我希望将自己当年所感受到的语言学魅力传递给更多学生。除了继续坚持陈保亚老师奠定的精神和框架，我也力图做一些与语言学前沿研究相结合的工作。这些年来，我逐渐摸索出一种比较成形的教学理念，即科学的观念，实践的精神，跨学科的视野。

带学生考察大理白语（前排右一）

何为"科学的观念"？就是带领学生丢掉成见，以开放的大脑、用科学的思维去研究语言学。波普尔提出证伪主义（falsificationism）的思想为科学划界。也就是说，科学论断必须是可证伪的。科学的语言学理论很酷的一个地方在于，我明确地告诉你，这个理论的反例应该是什么样的，但一直没有人能把它找出来。从这个意义上讲，科学的理论一直是在等待着反例来证伪，就是等待别人指出错误或是这个理论的限度。只有可以接受自己的错误、承认自己所想是有限的，才能实现真正的进步。因此，我常常鼓励学生要有开放的头脑，随时准备"犯错"，接受反例的挑战。

"实践的精神"始终贯穿于我的课程教学之中。比如在"理论语言学"中遵循"教学—田野调查—科研—教学"循环渐进的塔式课程体系，这一体系是语言学教研室的前辈一直以来坚持并带领我们发展至今的宝贵财富。我们坚持从中国语言实际出发，带领同学们在实践中领会语言学的魅力。所谓的"田野调查"，其实并不一定真的要去遥远的偏僻乡村，在自己熟悉的环境里也可以做田野工作，譬如在课堂上随机做的小调查，就是"田野"的一种。为了让对课程感兴趣的本科生深入研究，每年假期我都会与教研室其他老师和研究生带着学生去一个完全陌生的环境做田野调查。在陌生的语言社会里观察语言现象、感受语言规律，会突然意识到：浊送气原来是这样的啊！真有语言中没有东南西北，但按河流流向和日出日落来标记方向啊！在调查实践中，同学们开始意识到课堂中学到的哪些东西是重要的，随后再去追问、探究，如抽丝剥茧般一层一层地

在练习三道茶

拨开问题的表象，触摸到背后语言学理论的核心。

而研究中发现的一些深层问题，可能光靠语言学是无法解决的——这时，就需要"跨学科的视野"。跨学科最重要的是要突破学科的界限，确立以问题为中心的导向。比如探讨两种语言的亲缘关系，当语言学家需要排除各种可能，确认最终结果时，就会发现：这已经不仅仅是语言学的问题了，还需要设计数学模型来讨论其中的概率问题。此时，与数学家的合作也就水到渠成了。为此，我开始在课程中请数学家来讲解相关方法，跟同学们一起解决他们研究中遇到的问题。各个学科有交叉的方面，可以提供各自独特的视角，为彼此共同的发展做贡献。合作的最终目的绝不是学科间的一争高下，而是共同探索世界的奥秘，最终解决问题。

为了更好地推进语言学的跨学科发展，2012年我开设了一门新课"人类沟通的起源与发展"，面向全校所有学科的本科生。这门课与纯粹的专业理论课程不同，将语言放在沟通的更大框架下去引导学生思考，结合生物学、神经科学、心理学等其他学科的相关研究来探讨大家感兴趣的问题，让同学们体验对人类的语言这一沟通系统进行多角度探索与考察的可能。在这门课中，我带同学们走出教室，去动物园观察大猩猩并尝试与其交流，前往特殊教育机构了解手语及与自闭症儿童的沟通，等等。我希望借助这门课程把学生领向更广阔的世界，让他们找到自己的研究志趣，以跨学科的视野去探寻更丰富的世界。

当我看到，有不少学生在后来的学年论文、毕业论文写作中有意识地探索网络语言、手语、语言障碍、语言认知等以前没有讨论过的跨学科议题时，我真正体会到了教学的乐趣。对沟通的深入思考和跨学科的视野让他们能更敏锐地感悟语言学的奥妙,在探寻世界时有了更独特而多元的视角,这就真正让语言学成为了一把打开崭新未来的钥匙。

授渔、温度、
担当与胸怀

王广发

北京大学医学部呼吸病学系主任，北京大学第一医院呼吸和危重症医学科二级教授、主任医师、博士生导师；兼任国务院应对新冠肺炎疫情联防联控工作机制专家组成员，中国医师协会内镜医师分会副会长、呼吸医师分会常务委员等。主持国家科技重大专项课题项目等20余项。获中国医师协会年度十大优秀呼吸医师（2018）、"国之名医·卓越建树"奖（2018）、全国卫生健康系统新冠肺炎疫情防控工作先进个人（2020）、教育部科学技术进步奖二等奖、北京大学杨芙清－王阳元院士奖教金等奖项和荣誉。

2023年底，我卸任北京大学第一医院呼吸和危重症医学科主任，我的三个学生担任科室副主任，为科室发展注入了新的活力。我感到非常欣慰和自豪，担任学科主任20年来，我没有辜负党和人民的信任，没有辜负人民教师的使命担当。

师傅领对门与授人以渔

俗话说：师傅领进门，修行在个人。但我认为，师傅首先得领对门。所谓领对门，就是要教给学生如何做人，如何做学问，如何规划自己的事业或人生道路。授人以鱼不如授人以渔，讲的则是能力培养。我不希望我的学生始终在导师的庇护下成长，更不希望他们禁锢在导师塑造的模具内，而希望他们学会独立思考，具备独立发展的能力。

我的一个学生是从其他医院来到北大第一医院的，一开始不熟悉医院情况，初次见面时还有些惴惴不安。我也并不太了解她，对她的基础有一丝担心。于是，见面的第一天，我把她带到图书馆，翻出我读过的几本诊断学、内科学、呼吸病学的英文原版书，谈了我当初读这些书的体会，并就如何结合临床读这些书提出了建议。我甚至翻出具体页码，告诉她哪部分内容是国内教科书中没有但需要掌握的。这种细节化的"领进门"帮助她很快了解

2024年,在呼吸重症监护室

了该读哪些书、如何读,帮助她迅速成长起来,成为一名合格的住院医生。

我的大徒弟现在担任呼吸和危重症医学科副主任,负责医疗工作。遥想当初,他还是一个懵懵懂懂的小男孩,来到我面前时,还有些腼腆。成为师生,就注定了我们一生的生活轨迹可能都会有交织。我注重培养他的独立工作能力:和他沟通交流,讨论如何发现相关的科研问题、如何拓宽思路、如何寻求合作伙伴、如何借力开展临床研究,鼓励并鞭策他申报课题。而他也在学习、领悟和修行中不断成长。他与北大前沿交叉学科研究院进行研发合作,展现出很强的创造力和独立工作能力。

学生毕业后,虽然师生关系变成了同事关系,但作为过去的老师、当时的领导,我仍然关注着大徒弟的成长,为他铺路搭桥,也为他的独立发展创造条件。在他跟我学习介入呼吸病学技术时,我发现他的动手能力很强。于是，在开展一种新的经胸壁的冷冻治疗研究时，我联系好设备和相关技术专家后，把这项工作完全交给了他。他不负众望，把这项新技术应用了起来，并且取得了良好的效果。如今，他已独当一面。武汉疫情中有他的身影，雪域高原上有他的足迹。援藏期间，他完成了西藏首例气道狭窄患者的介入治疗。他克服当地的不利条件，通过开展现场细胞学评价，解决了因缺乏气道内超声、虚拟导航、电磁导航而外周病变诊断率低的问题；利用互联网，将 CT 图像传到内陆医院进行导航规划，再按照规划进行支气管镜下的导航活检。40 岁的他，已经在业界崭露头角，成为北京呼吸内镜和介入学分会的候任主委。

为师有关怀，教书有温度

导师，尤其是医者兼教师，首先应当理解人、尊重人、关怀人。虽然不乏严师出高徒的成功案例，但在"严"字之上，首先要有对"徒"的尊重、对"人"的关怀。这是社会的基本准则，也是为师的基本要求。我的另一个徒弟小廖大夫，是一个来自四川的小姑娘，平素乐观、向上，头脑灵活，动手能力强。她在读博期间怀孕了。当时，关于在读博士研究生怀孕、生产，尚无先例。这无疑给她和她老公带来了巨大的压力。当两人神情沮丧地找到我汇报时，他们已经准备好迎接我疾风暴雨般的批评和埋怨，甚至做好了最坏的打算。然而，我只是笑了笑，说道："那就生下来呗！"两人的神情立马松弛了下来。我接着又说："既然有所得，就要有付出，你们商量，可以休学一年。"两人脸上立马露出了笑容。后来，小

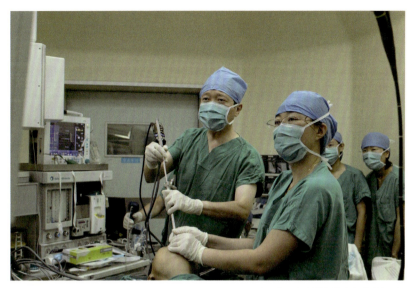

2016年，在手术室进行治疗操作（左一）

廖大夫在怀孕期间，还主持了著名的 HEART 研究，虽然晚毕业一年，但出色地完成了学业。现在，她已经是呼吸和危重症医学科副主任，事业小有成就。

为人师表，从责任、担当做起

我的学生大多从事临床工作，而临床工作事关患者的生死。临床医生在对患者的救治中要肯担当、勇担当。我是在这样的环境中成长起来的，也希望将这种优秀的传统传承下去。记得有一次晚上11点多，手机铃声响起，电话中传来一名年轻医生的声音，是我的学生小张。

当时，她刚刚成为主治医师。她向我汇报说："监护室来了一个

生活照

特别严重的呼吸衰竭患者……"言语间既充满焦虑,又闪烁其词。我立即明白,问道:"你是不是觉得病人病情太重,需要我去?"电话中的声音如释重负:"就是……就是……我们怕搞不定!"我说:"我马上去。"经过一段时间的救治,患者的病情稳定了。这时,张大夫很忐忑地对我说:"王老师,很不好意思,这么晚把您叫来!"我理解他们的"忐忑",我住得比较远,大半夜来医院,他们怕我不高兴。我微微笑了一下,说道:"你们就该叫,不要怕老大夫不高兴,只要病人需要,该叫就叫,这就是医生的担当。"

当医生要有担当,我作为导师、科主任,理所应当成为学生和年轻医生们的后盾,也理所应当充当他们的表率。从医这么多年,太多次我从睡梦中被唤起,到医院救治患者,但我从来没有因这种"打扰"而抱怨,因为这是我的责任与担当。

视野须培养，胸怀更重要

小孙是我学生中的小辈，两年前刚刚毕业，是个河北姑娘。毕业前她找到我，希望我给她写几句寄语。略加思索，我写了"视野要高远，心胸要宽广，行动要积极"15个字。可以说，这15个字既是我对自己一贯的要求，也是我对学生们的期望。

在培养学生上，能力比知识重要；视野决定了他们能走多远、能达到怎样的高度。我们对学生应该加强这方面的培养。只有具备宽广的胸怀，才能海纳百川，才能气吞山河，才能包容万物，才能行稳致远。而行动积极，是实现一切理想、一切抱负的关键要素。或许是我的寄语起了作用，或许是她本就如此优秀，如今，小孙大夫愈加成熟，愈加豁达，愈加沉稳。在繁忙的临床工作之余，她自主完成了数篇论文，展现出了良好的发展潜力。

教书育人数十年，不敢说桃李满天下，却也小有成就。我认为，对学生能力、视野、胸怀的培养相较于知识更为重要，有温度的教育应该是教师的必修之课、必具之功。

从课堂通往世界

王洪喆

北京大学新闻与传播学院长聘副教授、博士生导师，入选教育部、中央宣传部的高校与新闻单位互聘交流"双千计划"；兼任中信改革发展研究院研究员。主要研究领域包括媒介史、科技史、信息社会与新媒介等。在 Internet Histories 和《开放时代》《新闻与传播研究》《国际新闻界》《读书》《电影艺术》《文化纵横》等刊物发表论文多篇。获北京大学教学成果奖一等奖、教学优秀奖（4次）、黄廷方/信和青年杰出学者奖、方正教师奖，第十届全国新闻传播学优秀论文奖，第三届、第六届新闻传播学学会奖二等奖，中国新闻史学会新闻传播思想史研究委员会年度最佳论文奖（2019—2020）等奖项和荣誉。

今年，是我站上北京大学讲台的第 10 个年头。回顾这 10 年，我经历了从初出茅庐的忐忑不安到逐渐站稳脚跟的转变。在教学的旅途中，我不断学习、总结，逐步提升自我，从一个对教育充满敬畏的"门外汉"，成长为一个对教育之道窥得一点儿门径、仍在继续探寻为师之道的孜孜前行者。

我在入职的第一年，便承担起教授"传播学理论"的重任。这门课程不仅是新闻与传播学院本科生的基础必修课，也被其他多个学院列入限选课程，因为比较受欢迎，选课人数经常接近 200 人。一直以来，我国新闻与传播学的教学呈现为理论和实践"两张皮"——理论难以有效促进学生对现实的观察、思考和写作等实践能力的提升。面对这一挑战，通过这门课程，我一直在实验如何打通理论教学与实践教学分离的现状，探索在"新文科"建设大背景下综合培养学生思辨能力和动手能力的途径。

在教学生涯的早期几年，我鼓励学生走出教室，深入北京的基层社会进行调查和采访。他们以小组为单位，将采访所得转化为非虚构作品。2020 年春季，面对疫情带来的教学挑战，我将限制转化为机遇，给学生们布置了一份家庭史作业。我鼓励他们利用居家上网课的机会，去跟自己的家人深入交谈、互动，找寻物件，记录在已过去的 20 世纪中个体和家庭的变迁。留这份作业，一方面是因为我在日常教学中发现，现在不少"00 后"学生对 20 世纪的重大历史进程展了解有限；另一方面是因为，我也很好奇，北大的学生都

在做讲座

来自怎样的家庭。

这代青年人生活在相对封闭的"泡沫"里，被保护得很好。尤其是北大的学生，他们自幼成绩优异，即使家庭条件一般，家里也会全力以赴保障孩子专心完成学业。很多大事小情，家里不会告诉孩子。这代人很多心理问题的来源也跟他们与父辈的隔阂有关，所以访谈和写作的过程也参与了对家庭关系的重建——与家人重新互相认识、和解的过程。通过重访家庭去理解社会变迁，是学生们离家远行后非常重要的再次成长。几年积累下来，来自10个院系的学生交上来500多份家庭史非虚构作品。这份作业，改变了很多人。同学们在作业末尾写下后记，感谢家庭史作业让自己有机会重新认识了自己的父辈、认识了这个国家，找到了人生的方向。于是，家庭史写作也响应了在课程中加强"四史"教育的

与学生在一起（右二）

号召，培养了学生对于"个人—家—国—天下"连续体的理解与认同。

在这期间，我推荐了20多篇优秀学生作品发表在澎湃新闻的"私家历史"栏目。在2021年和2023年，同学们群策群力，在798的中国当代艺术档案馆举办了两次"北京大学家庭史写作文献展"。2022年，我将其中的优秀作品结集出版了《噢，孩子们——千禧一代家庭史》，这本书入围了中国出版协会2022年10月文学好书榜。这些事情得到了几十家主流媒体的报道，引起了广泛的社会反响，极大地增强了学生们的自信心，让他们锻炼了本领，感受到了自己的专业知识如何与社会发生联系。

这两年，我继续探索将家庭史课堂延伸到田野中。2022年暑期，我作为带队老师，带领学生走进陕西佳县泥河沟村进行走访调研，同时开起"黄河照相馆"，为该村百余名老人免费拍摄肖像照，用镜头记录千年古村的乡土人情，与学生一起把论文写在祖国大地上。这次实践活动在北京大学2022年学生暑期社会实践评优中总分第一名，获得一等奖，活动被新华社、《人民日报》、央视等主流媒体广泛报道，拍摄的照片被收录进国家发改委"奋进新时代"主题成就展网上展馆，我个人也因此获得优秀指导教师称号。

2023年，我又带着学生奔赴舟山群岛的蚂蚁岛展开调研。在这个诞生了新中国第一个渔区人民公社的海岛上，我们为渔民们举办了一场民间艺术展览。这次活动再次得到新华社、《人民日报》的报道，令同学们更高兴的是全岛渔民来看展时洋溢的笑容。五天时间里，同学们学会了听这里的方言，倾听抗日渔家、女轮机长和第一个渔区人民公社的故事，用镜头和文字记录下蚂蚁岛人的日常生活，发掘了隐藏在普通人中的艺术家和记录者。为渔民办一场展览，是难得的学习和成长机会。在祖国海域，"无穷的远方和无数的人们"变得具体起来，书本上的知识变得有用起来，年轻人的心也变得澎湃起来。

这些工作使我认识到，教师的角色不仅仅是要在课堂上讲授知识技能，更重要的是要在学生的思想和成长方面给予帮助。其复杂性对教师本身的品德和职业能力提出了更高的要求，教师本人也要时时自省，先正身再育人。在紧张的教学和科研之外，对于学生们在学业和生活中遇到的困难，我尽量做到有求必应，引导他们通过日常的学习和实践逐步建立起对学业的信心和完善、独立的人格。十年的辛勤工作得到了学院和学校的广泛认可，我获得了北京大学

与毕业生在一起(右四)

教学成果一等奖,并先后四次获得北京大学教学优秀奖。

2018年,我有幸作为六位青年教师代表之一,在北京大学人文社会科学研究院举办的120周年校庆活动"传承——我们的北大学缘"讲坛上发表演讲。我分享了北大和师长对我的教诲,以及这些教诲如何让我明白了个人命运同时代、家国的联系。这种薪火相传的精神成为一代代北大人投身教育事业的原动力。在那次活动上,我讲道:

> 面对中国社会的日新月异,面对如此高速变动的信息传播科技,我始终还在思考与自己生命历程最直接相连的命题是什么,这也成为我在课程中试图传递给学生们的思考——个人的命运如何跟这个国家的历史相联系?如何把个人的困境跟我们的父辈、同龄人和更广泛的人群的命运相联系?这是北大教给

我最重要的一课，在这些问题上我也还是个入门学生，这将是一门伴随终生的学问。

近年来，北大提出培养"引领未来的人"的教育理念。我对此的理解是：如果大学教师做不出引领未来的学术研究，就培养不出引领未来的学生。因此，教师教书育人的根本还是要脚踏实地，并做好本职研究工作。以自身的专业研究和教学为本，以不断提高自己的思想认识水平为源，以实事求是的态度，在工作中反复检验、不断进取，是我十年来的感悟，也是我未来将继续坚守的准则。

传道重于授艺，
育人贵在寻常

王跃生

北京大学经济学院教授、国际经济与贸易系主任，北京大学－中国银行欧盟经济与战略研究中心主任；兼任中国世界经济学会常务理事、中国国际经济关系学会常务理事、中国国际贸易促进委员会专家委员等。主要教学研究领域为当代世界经济与中国对外经济。出版《经济学与社会关怀》等著作多部，在国内外主要经济学期刊及《人民日报》《求是》《光明日报》等发表论文、评论近200篇。获北京市、北京大学教学与科研优秀成果奖，北京大学优秀共产党员（2023）、建党百年优秀党务工作者——奉献奖（2021）等奖项和荣誉。

我是北京大学经济学院王跃生。作为一名老教师，很高兴有机会与大家分享自己多年当老师、与学生打交道的一点体会和感悟。

我是1979年进入北京大学经济系读书的，1985年硕士研究生毕业，来校到今年整整45周年，从1985年底留校任教算起，也马上快到40周年了。近40年的教书生涯，我培养了一批批毕业生，包括上百位硕士和几十位博士。他们当中许多人如今都成为国家经济发展、改革开放各个领域的杰出人才和中坚力量。

回顾近40年的从教经历，我感觉，当一个老师也许并不太难，但要成为一个好老师、成为一个真正的"师者""大先生"，实在是困难。在我工作的北大经济学院，令我特别景仰、受益良多，也经常向后辈学生提起的"师者""大先生"，一位是陈岱孙先生，一位是陆卓明先生，一位是厉以宁先生。陈岱老高山仰止，他的气质和精神对我影响深远。陆先生师出名门、家学渊源，但平易近人，他给我们讲授多门课程，旁征博引，挥洒自如。我曾有一个学期每周都到先生的"斗室"促膝聆教，这让我理解了怎样讲好课、怎样当好老师，教化在潜移默化之中。对于厉以宁先生，我是青年教师的时候跟随多年，登庙堂、下基层，耳提面命，受益无穷。我想，我自己从教几十年的经历中，如果说有一些感悟和个人特点，大多都来源于这些先生的传授和影响。

说回我自己的从教和育人经历。从经济学学科角度看，我觉得一个好老师，或者说能给学生带来最大教益的"师者"，应当有四个

2023年7月,在北京大学经济学院毕业典礼上致辞

层次的要求:合格的授艺者、思想的传道者、入世的引领者、人格的培育者。当然,这是很高的要求,自己肯定难以企及,但这确实又是我一直追求的目标和境界。

合格的授艺者,就是指要将本学科、本专业的知识、学问、技能原原本本、系统完整地传授给学生。在北大,这是大多数老师都做得很好的,不用多说。我感觉在传道授业、教书育人中更重要的是后面三者:以思想和智慧对学生进行启迪、开悟的传道者;帮学生认识社会、了解世界、理解现实的引领者;令学生具有独立精神、正直人格、家国情怀,能够传承北大爱国、进步、民主、科学传统和思想自由、兼容并包学风的培育者。我在自己开设的课程中,在教室、会议室与学生的交流讨论中,在我带领的社会调研与实践教学中,在与学生的日常交流、年节聚会、文体活动中,都把这三者作为教书育人的核心。我认为,传授知识可能主要在课堂

2017年4月,在上海做关于全球经济新趋势的讲座

上,以北大学生的智识能力,传授知识并不是太难;而当好思想的传道者、入世的引领者、人格的培育者则困难,除了课堂,还在于课堂之外、寻常之间,在于课堂内外的相辅相成。

说两个我体会比较深的例子。

一个例子有关授艺与传道、知识与思想。大家知道,改革开放以来随着西方经济学的传入,经济学教育发生了巨大变化。这大大提升了中国经济学教育的现代化水平,但也带来了经济学教育见物不见人、重方法轻思想、重理论轻现实的偏向。如今,经济学专业的毕业生,包括硕士生、博士生,现代经济学方法熟练,数据处理功夫到位,实证回归做得漂亮,但他们往往对经济现实缺乏了解、对经济问题认识肤浅,发现不了真实世界的真问题,常常隔靴搔痒,或者跟着国外的潮流亦步亦趋。鉴于此,我总是叮嘱我的学生注重实践、关注现实、解决实际问题，不要学"花拳绣腿"和"屠龙术"。特别是我指导的博士生，我要求他们在学完一年或一年半的课程以后，一定要走出去，或者到海外高水平大学学习交流，或者到经济部门与企业挂职锻炼，真切地感受和了解中国经济的发展与经济活动的运行。

在寒暑假，我要求学生一定回家乡或去外地做社会调研，多参加学校和院系组织的调研团、支教团等活动。我自己也经常带领学生到全国各地的中外企业、经济部门、开发区和试验区、行业协会等调研考察。中美贸易摩擦开始后，我专门组织和带领学生到温州等地的外贸外资企业调研，了解和分析贸易摩擦对我国东南沿海进出口企业的影响；"一带一路"倡议提出后，我又带领学生到苏州工业园区，实地了解企业"走出去"的发展与问题；党中央提出发展高科技和形成新质生产力后，我们又组织学生到湖北黄石新能源电池领先企业、百度公司、奔驰汽车公司等实地参访……这些年，我和我的团队带领学生除了在北京，还到过上海浦东外高桥自贸区、天津滨海新区、河北雄安自贸区、江苏苏州、泰州、镇江，浙江温州，重庆，湖北武汉、黄石，安徽合肥，河北唐山，广东广州、深圳等许多地方进行调研、参访、考察，收获很大。一个现在在上海证券交易所工作的学生，毕业十多年后见到我时，还说起当年跟随老师到唐山一家国际贸易公司调研的经历，令他印象深刻、受益多多。注重实践、关注现实、将知识应用于实践、以思想指导现实，是我指导学生的一个特点。我感觉这对学生大有裨益，为他们的发展打下了良好的基础。

另一个例子有关教书与育人。将教书与育人有机结合是新时代的一个重要任务。在我的教学与工作实践中，我不是把思政工作、

2021年夏，访问美国哥伦比亚大学期间

道德教化当成与教学科研无关的"两张皮"，不是把思政当成说教，而是把思政工作、教书育人融入了寻常的教学科研、调研实践、日常生活。为此，我坚持定期与学生交流思想，以了解学生的思想动态，为学生的成熟和成长问题解疑释惑。这些交流中当然有正襟危坐的对谈，有大小会议上的发言、讲话，有党组织的各种报告会、学习会，但更多的是与学生的餐叙、下午茶、出差、文体活动。

  我以为，正式的谈话、学习，总是次数有限的，而且其效果也因人而异、参差不齐。日常的交流、点拨，生活中的言传身教，则是广泛的、无穷的。每年教师节、新年，我都会请学生到家中，与学生共同下厨、边做家务边聊，在日常交往中引导学生正确认识中国与世界、理想与现实，培养学生服务国家、奉献社会的家国情怀。我指导的一位博士毕业生面临留在北京任教还是回家乡做选调生、到基层锻炼的选择，十分纠结。我鼓励这个学生大胆响应自己内心的真实想法，鼓励他到基层工作、锤炼。这个学生后来回到家乡的基层单位工作，表现出色，获得当地政府和母校北大的奖励、表彰。我还通过学生党支部的学习交流、校友活动，让前辈学长为在校学子传授经验。这些交流使我成为学生的密友、忘年交，我享受从教之乐，也对学生的人格培养、价值观形成起到了积极作用。

愿将青春许孺子，
甘为盛世做人梯

王志稳

北京大学护理学院教授、博士生导师、博士后合作导师，北京大学医学部循证护理研究中心主任；兼任中华护理学会老年护理专业委员会副主任委员、中国风景园林学会园林康养与园艺疗法专业委员会副主任委员、中国社会福利与养老协会智慧养老与技术研发服务分会副会长、北京护理学会精神卫生专业委员会副主任委员。主要研究领域包括老年护理、循证护理与智能决策等。主持国家自然科学基金项目、国家社会科学基金项目、教育部人文社会科学研究项目、北京市科学技术委员会项目等多项。出版著作9部，牵头编制指南、标准6项，发明专利2项，发表论文170余篇（含SCI论文50余篇）。获第四届中华护理学会科技奖二等奖（第三完成人）、北京大学医学部优秀人才引进与支持计划-青年学者奖、第六届北京大学教学卓越奖等奖项和荣誉，共同主编的《护理科研方法》获评北京市高等教育精品教材。

我是北京大学护理学院王志稳，在北大学习、工作了 30 个年头。厚道的北医精神、兼容并包的北大情怀，成为我育人的思想根基与精神支柱。在与学生的全方位接触中，我不仅是知识的传递者，也是他们思想和情感的引导者，在这一过程中，我自己也在思想和专业上不断蜕变和成长。

德育引航，全程做好"四个引路人"

育人为本、德育为先。针对学生专业思想不稳定的痛点问题，我以专业教师身份担任招生组组长、军训领队、班主任，深度参与招生工作和入学教育，第一时间走近学生，以化解学生的各种困惑和不解，将专业思想教育关口前移，引导学生理智选择专业，强化对专业的认知，逐步建立专业自信，并以自身言行向学生传递积极的人生态度和价值观，从而系好入学"第一粒扣子"。

有的学生对专业及职业规划缺乏清晰的定位，我会引导他们用心去观察、体验和感悟，建立对专业的客观认知。我曾指导一组本科新生以医疗题材的影视剧为研究对象，对其中出现护士的影视片段，从护士的专业角色这一视角进行编码分析，并访谈不同领域的人员，探究护士专业角色不足背后的深层次成因和改进策略。该项目获得北大"挑战杯"一等奖，不但让学生对护理专

教学照

业有了更深入的认知，而且培养了学生发现、分析和解决问题的能力。

专业教师在课程中传递的价值观会对学生产生潜移默化的影响。依托北大医学部首批课程思政建设项目，我带领团队积极探索课程思政实施路径。我们建设了立体化课程思政资源库，探索案例教学、故事教学、课堂辩论、项目学习、合作学习、情景模拟等多模态教学方法，创设自主和探究式学习环境，将价值观引领与知识传授和能力培养有机融合，获评北京市课程思政示范课程、团队。在课程教学中，我注重培育学生诚信求实的道德修养，厚植开拓创新和精益求精的科学精神；我引导学生正视和分析差距，激发他们的家国情怀和推动学科发展的责任担当。我相信，我们的努力可以为培养能引领未来专业发展的卓越人才筑牢思想根基。

创新驱动，构筑优质课程资源与平台

为聚焦学生的创新能力培养，我带领团队精心建设了"文献阅读与评论""护理研究""循证护理方法""循证护理实践""护理领域的机器学习与智能推荐"等阶梯式创新能力课程群。这些课程旨在引导学生从文献阅读中发掘对科研的兴趣和创新意识，在科研实践及跨学科研究中锤炼创新能力，协力构筑出"重温度、精专业、强创新"以专业素养和创新能力为核心的护理人才培养模式。

顺应新时代知识获取的多元化特点，我们发挥北大领军优势，打造出系列在线课程，包括"护理研究""循证护理方法"在线课程和"Nursing Research: Principles and Methods"国际英文在线课程。这些课程获评首批国家级线上一流本科课程、首批全国医学专业学位研究生在线示范课程。基于在线课程资源，我们探索实施混合式

为研究生授课

教学模式，获评第二批国家级线上线下混合式一流本科课程。我们通过资源开放共享，举办示范公开课、科研能力提升研讨班、证据转化与应用国际论坛等品牌性学术活动，将优质资源辐射至全国及"一带一路"共建国家和地区，累计惠及30万人次，推动了护理教育的均衡发展。

为了构建多元化科研创新的实践平台，我作为骨干成员参与建设了和国际接轨的北大医学部循证护理研究中心暨澳大利亚JBI卓越合作中心，首创院校协同助推知识转化的模式，实现了研究问题源于实践与研究成果用于实践的有效衔接。此外，作为副主编，我参与创办了以"融合创新、赋能护理"为宗旨的期刊 *Interdisciplinary Nursing Research*，为学生认识和尝试进行跨学科研究提供了平台。

教研融合，夯实创新能力的根基

面向国家重大需求，我带领团队聚焦失能失智问题建立跨学科团队。依托国自然、国社科、省部级科技重点项目，我们牵头编制了相关标准和指南，制作了科普微视频和漫画版科普手册，将科学知识转化为社会资源。我们开发了首个失智照护、跌倒防控领域知识图谱，并研发了智能决策系统等智慧康养装备，以身边虚拟专家的方式赋能照护者，实现了对问题的精准识别与防控，产出了指南、标准和发明专利，突破了多学科人员不足对服务普惠化的制约的技术瓶颈，有效解决了供需失衡难题。

这些研究成果也成为课程教学中很好的案例资源。我以"虚拟专家支持——赋能照护者"为题,将智能决策研究案例纳入"科技赋能,开创健康产业新动能,实现乡村健康脱贫"主题案例。该案例被收录在教育部乡村振兴主题案例库中,用于全国护理学硕士核心课程,促进了对卓越护理人才创新能力的培养。依托学校的研究生领军人才项目、大学生创新实验项目、"挑战杯"、暑期科研实践等各类创新创业项目,我指导学生开启了对科学研究的自主探究之旅。通过这些创新实践,学生产出专利和高水平论文,获得大学生创新实验项目和"挑战杯"一等奖等,体验了创新带来的成就感,培养了对科研的兴趣和信心。

因势利导,培养可持续发展的优秀品质

自主学习的意识和能力对学生的长远发展至关重要。在教学和科研指导中,我会针对学生的个性化差异,在他们完成基本学习任务和计划的前提下,实时查看任务推进情况,根据学生的能力和进度设置弹性学习计划,并引导学生以小组为单位自主探究、完成弹性任务,进行展示,体验自主学习的成就感。因此,学生很难有机会"摸鱼"和"躺平",每个人都有"跳一跳"就能够得着的目标。此外,我还会提供拓展性案例和问题,让学生探索未知的领域,思考能用哪些资源或途径去获取相关知识,以激发其自主研究的内在动力。

人在一生中不可避免会遇到各种挑战和不利情况。在课程教学和科研指导中,我会借助典型人物或自身成长经历,引导学生积极面对困难,挖掘坚持下去的动力,主动寻找克服困难的资源和方

法。学生在进行跨学科研究的过程中，多会产生畏难情绪。我就在激发学生创新潜力的同时，及时在资源和解决路径上给予引导，帮助学生建立信心，这至关重要。我经常鼓励学生，"不能只想着做自己能'hold'住的，一定要考虑做这个事情是不是创新。虽然会很有挑战性，但不要一开始就打退堂鼓。科研过程中有困难是肯定的，要把困难分解成一个一个节点，逐个去解决和攻克，也许就能实现了呢"。经历过困难和挑战后，学生对收获的体验会更加深刻，也会潜移默化地形成积极应对困难的习惯与能力，养成积极向上、坚韧不拔的品质。

向学生传授做人、做事之道，并引导他们将之转化为行动，是我作为教育者的使命。在新时代育人之路上，有快乐与收获，更多的是责任与挑战。"愿将青春许孺子，甘为盛世做人梯"，我将继续秉持厚道的北医精神，践行立德树人的初心使命，培养出更多服务国家的栋梁之材。

让北大医学的光辉
照耀祖国的边疆

魏雪涛

北京大学公共卫生学院副教授、教学办公室主任、预防医学实验教学中心主任、毒理学系副主任；兼任农业转基因生物安全管理标准化技术委员会副主任委员、农业转基因生物安全委员会委员、国家卫生健康委员会"三新"食品行政许可评审专家委员会委员、生态环境部化学物质环境风险评估专家委员会委员等。主要研究领域包括化学物毒性损伤机制、安全性评价和风险评估技术及应用。主持和参与教学改革项目10余项，科技创新2030重大项目、国家科技重大专项和国家重点研发计划项目、国家科技支撑计划项目、国家自然科学基金项目等数十项，发表科研论文100余篇。获北京大学优秀教师奖、本科生最佳授课教师奖、医学部受学生喜爱的实验课教师、"我身边的好老师"、优秀德育奖、优秀教学管理奖，中国大学生医学技术技能大赛优秀指导教师，北京市高校优秀辅导员等奖项和荣誉。

边疆地区承担着维护国家安全、促进民族团结、推动地区发展的重要责任。基于多种原因，边疆地区的发展相对滞后。支援边疆建设，有助于与边疆地区的人民共享国家发展成果，全面建成小康社会。

北京大学作为国家顶尖大学的代表，在教学、科研、国家建设及责任使命担当等各个方面都是高校中的典范。为了促进国家边疆地区智力资源建设，北京大学在支援西藏和新疆的高校建设中做出了不可磨灭的贡献。作为北大医学的一名教师，我非常荣幸成为这项援助建设工程的一员，让北大医学的光辉也能够照耀祖国的边疆。

课堂学习的蜕变

2019年，带着学校、医学部和公共卫生学院的嘱托，我来到西藏大学开始了我的援藏之旅。西藏的夏天，温度高、日晒强、氧分压低，对于内陆人来说，需要一个适应的过程。好在我有过在西藏的经历，较快地适应了当地的特殊环境。第一年，学生几乎全部是藏族学生，幸好有一名参军返学的汉族学生，成为我跟藏族同学们沟通的桥梁。上毒理学基础课程，学生要具备一定的基础医学、临床医学的知识和技能，但在西藏，学生一方面中文底子弱，另一方面也较欠缺医学基础知识。可想而知，他们相比于我们在北京所

2023年，招生工作留影

面对的学生，完全不同。第一堂课上，我感觉所有学生都睁大双眼盯着我，听我讲一些"光怪陆离"的故事。看着一双双渴望理解我的讲授内容的眼睛，我突然产生了一丝丝的惭愧：是我没能把专业的知识给大家讲清楚。我住在学校，每天晚自习后，就成了我跟大家沟通的时间，深入学生宿舍，了解学生的基础情况，充分做好学情分析，再进一步简化和优化课堂教学内容。慢慢地，在我的课堂上，学生不再沉默，而开始逐渐尝试回答我的问题，开始享受给出正确答案后的喜悦。我在其后的教学过程中，尝试慢慢引入问题引导学生自主完成研究设计，让学生在自己解决问题的过程中发现知识上的欠缺，从而进一步强化学习专业内容，更好地理解如何将理论知识应用到实际问题中，举一反三，夯实相关专业知识。学以致用让学生们体验到了成功的快乐。

海阔天空,大有可为

育智、育才、育人是不断螺旋上升的教育过程,在这个过程中,进行全人培养,帮助学生树立远大的理想、为国家建设服务的理念尤为重要。从接触第一批授课学员开始,我就不断对学生讲,如果未来想要成为国家的栋梁之材,现在就要更好地提升自己,在知识体系、学缘结构和国家发展的需求等各方面完善自己。当今社会对人的综合实力的要求越来越高,只有志存高远,方能有所建树,只有打开自己的格局、布局长远,才能将为祖国建设贡献力量与自身的发展有机结合起来。西藏当地的学生,尤其是藏族学生,很多都没有迈出过西藏,对首都北京很好奇。我会利用课余时间,通过各种媒体信息、照片、录像等展现祖国首都的历史文化、美食、风土人情等等。我会对公共卫生领域我国知名高校的教学计

在西藏大学与学生合影(前排中)

2022年，北京大学公共卫生学院迎接援藏归来（中）

划、科研情况进行介绍。通过不断深入的了解，很多学生渐渐开始改变自己的未来规划，一些开始只想在本地随便找个工作的学生，也萌生去内陆进一步深造、找机会更好地成长的想法。这让我回忆起我当年在北京医科大学读书时的经历。刚刚上大学，从祖国的大西北来到北京读书，我觉得这就是自己未来发展的"天花板"了；但是在北京，很多学生的视野更加开阔，会提前准备各种考试，以为未来进一步提升自己奠定基础。基于这种思想认识上的差异，我们的表现截然不同，后知后觉的我直到工作后，才真正认识到如果有更广阔的视野，可能就会走上不同的道路。正是由于自己经历中的一些缺憾，我希望能够帮助这些学生开阔自己的视野，以便未来能够到更广阔的天地去发展自己。也正是在这种潜移默化的影响下，第一批学员中那个参军返学的学生，放弃了毕业就工作的想法，在之后的两年中不断努力学习，最后获得推免研究生的资格，进入了南京医科大学攻读硕士研究生学位。他入学后

2023年,在北京大学预防医学实验教学中心教学(右一)

最大的感触就是,"老师,您帮我打开了一扇门"。

授之以鱼,授之以渔?

在援藏授课过程中,我也逐渐体会到"授之以鱼,不如授之以渔"的重要性,为了西藏大学学科建设,必须使他们成为有能力承担相关任务的老师。在支教过程中,通过不断与西藏大学医学院领导、预防医学系领导沟通、讨论,在每轮教学中,我都会带领一名当地的年轻教师开展与授课相关的工作。同时,正好在北大医学部教育教学改革项目的支持下,我们录制了全部毒理学基础课的视频课程,对于无法由西藏大学老师完成教学的部分内容,采取线上教学的模式,帮助西藏大学逐步形成自主教学模式。在理论课讲授逐步由西藏大学老师自主完成的过程中,我们又与西藏大学医学院联合申请了线上线下混合式教学的毒理学实验教学项目，通过观看实验操作视频、虚拟现实操作等方式，协助西藏大学开展实验课教学。在双方共同努力下，西藏大学医学院相关专业课程的自主讲授已经逐渐进入新的轨道。

学以致用，以身作则

2022年7月，西藏开始出现COVID-19病例。当时，我正在西藏大学开展课程教学工作，西藏大学的几个校区陆续出现病例。我也成为当时纳金校区唯一学习过预防医学专业知识的老师。由于封闭，只能在线上开展教学，除了完成专业课教学外，我也加入了医学院疫情防控的队伍。为了缓解学生的各种负面情绪，我立刻联系北大第六医院黄悦勤老师，在线上为西藏大学的师生开展心理健康辅导讲座。同时，我也让预防医学专业的同学首先以身作则，思考如何在这种情况下，学以致用，保证自身安全。进一步，我们通过网络的方式，传递一些科学普及信息，让整个校园的学生尽可能做好自身防护。另外，我还针对校园出现的病例情况，带领学生研究病例的时间、空间和人间分布，对特殊病例具体问题具体分析，以化解风险。我们的行为自然也激励了很多学生，在之后的各种服务中，大家表现踊跃，这让我倍感欣慰。

最后，我想强调的是，支援边疆建设是一项长期而艰巨的任务，我们需要共同努力和不懈奋斗，为边疆地区的繁荣发展贡献自己的力量。

从花田来，到世界去
——北大乡建人的双向奔赴

向 勇

北京大学艺术学院教授、文化产业研究院院长，国家高层次人才特殊支持计划哲学社会科学领军人才（2020），联合国教科文组织乡村创意与可持续发展教席主持人（2024）。主要研究领域包括艺术管理、审美经济与文化产业。近20年来，每年开设本科生、研究生专业基础课。主持国家社科基金重大项目"丝绸之路经济带沿线国家文化产业合作共赢模式及路径研究"等课题多项。出版《向美而行：艺术、文创与生命观》《创意管理学》《文化的流向：发展文化产业学论稿》《文化产业导论》等著作多部。获北京大学"十佳导师"（2017）、教学优秀奖（2009）、教学成果一等奖（2017、2021），北京市高等教育教学成果奖二等奖（2017），第三届中国文化创意产业优秀论文评选奖（2021），北京市高校美育改革创新优秀案例一等奖（2023）等奖项和荣誉。

数字时代的教育是一种行走的教育、陪伴的教育、养成的教育。教育不是为了让学生对抗碎片化知识的遗忘,而是去丰盈个体独有的生命体验。

"花落成泥,又育新芽。"小时候,我在家乡清凉的小溪里,在铺满阳光、温热的山间小路上光脚奔跑。彼时的少年,感受着土地蓬勃向上的生命力,渴望着成长与远行。川东大巴山,北大燕南园。28年后,我带着我的学生又走入那条小溪、那条小路,把课堂落在了乡土大地。我相信,新时代的年轻人可以在求学阶段、在时代的大潮中受惠于乡土的力量,再用这份力量去建设家乡、建设祖国,完成自己人生的绽放。

童年的我常在家乡的白秀山顶远眺,喀斯特地貌的大巴山脉,巍峨耸立,蜿蜒崎岖,环抱着山谷间的烟火人家。半新半旧的民房点缀在青山翠绿中,周边的田地里是连片金黄的油菜花,顺着山势铺向远方,花田在房前屋后追逐着盛放。八年前,我和我的学生们再次回到这里,开启了一场以文化创意赋能乡村振兴的白马花田乡创行动,把北大人的科研论文写在祖国大地上,让北大人的家国情怀转化为履践致远的身体力行。

"白日不到处,青春恰自来。"北大人参与乡村振兴的源头是赓续百年的宝贵传统。从梁漱溟先生的乡村建设研究院到费孝通先生的江村经济田野巡访,从山东邹平到江苏吴江,从云南弥渡到安徽潜山,这些跨越时代和地域的乡村建设实践,真实地记录了一代又

在贵州榕江调研传统村落期间

一代北大人扎根乡土、接续前行的初心使命。这几年，我和我的学生们频繁地奔走于全国的多个乡村。所到之处，我们看到很多正在生长的乡村后现代式的砖房别墅，看到那些日益斑驳、凋零的土砖木房，也看到许多正在被小心守护的村落遗产。

每当看到这些变化中的乡村风物与进化中的乡土人文时，我和学生们都不想只心生几分凭吊过去时光的无奈喟叹，不想只让自己沉浸在乡村滞后发展的光景里遗憾惋惜，而要让自己坚定守护乡土遗产的文化热望，主动躬身入局采取行动。正如德国民俗学家赫尔曼·鲍辛格尔所说，"故乡不是与一个地点相连的，而是与一群人相连的；故乡表达的是尚未存在但是人所期待的团结，故乡不是一个不可改变的自然现成物，而是任务"。我和学生们在乡村开展文化创意赋能乡村振兴的社会行动，正是我们"回到故乡"的"一个任务"。这里的"一个任务"，正如美国哲学家约翰·杜威所谓的"一个经验"。"回到故乡"的"一个任务",是一个人的生命体验中最为完整的"一个经验"、最为圆满的"一个经验",是面对自身过去和人类历史的生命体认,更是面对个人进步和人类发展的生命体验。

"萤火微光,炬火之力。"2016年10月开始,我和学生们在家乡乡贤等社会力量的共同支持下,融合北大燕南园与川东民居的建筑式样和艺术风格,历时两年半将毕城村的几户村民旧居改建成花田间乡村创客营地,使之成为一个不断释放着生命力的乡村公共文创空间,也成为学生们步入乡土的第二课堂。在北京大学艺术学院"文化经济学""创意管理学"和"文化产业项目策划与运营"等课程中,我们坚持"以乡土为学院""以自然为校园""从文化到生活""从个体到家国"的实践理念,组织学生深入田间地头,深入乡间村落,以专业的知识、服务的志愿、虔敬的心态为乡土文化传承、乡村产业发展、乡民美好生活提出具体的解决思路、创意方案和实践方法。

我常常鼓励学生将理论与实践相结合,将自己的想法进一步付诸行动。连续五年的暑期,学生们选择留在这处原乡陪伴留守儿童,开展花田课堂公益美育实践。北大的学生行动也逐步生长为全国大学生自发参与的青年乡创接力赛。我们与不同高校联合举办了多场青年乡创工作营,从构思创意、设计手稿到项目落成的村庄公共艺术景观,从村庄形象设计到农产品包装的品牌建设,使学生们对乡村发展的未来想象在实践中不断照入当下的乡土现场。

"花田即耕,负锄而行。"在白马花田行动中逐步成长的北大学子又让花田的种子在江西抚州、浙江湖州等地落地开花。我的学生黄彬彬,本科和硕士都就读于北大艺术学院,毕业后在浙江湖州

2021年,在江西省浮梁乡创节上分享乡创经验

窑里村带领当地青年共同创业,成为一名深耕乡土的青年农创客。我相信,将会有越来越多的北大学子奔赴乡土,向下扎根,向上生长,形成新时代北大人参与乡村振兴的滚滚浪潮。

2022年3月,结合我和学生们以及更多高校师生的乡创实践探索,文化和旅游部等部门联合印发了《关于推动文化产业赋能乡村振兴的意见》。2022年5月,北京大学联合清华大学、北京师范大学等高校共同发起成立中国文化产业协会乡村文化创意专业委员会,开始在全国范围内推动文化产业赋能乡村振兴工作。

2024年3月,北大校长龚旗煌院士与联合国教科文组织总干事奥德蕾·阿祖莱签署联合国教科文组织乡村创意与可持续发展教席共建协议。这标志着文化创意赋能乡村振兴的北大实践获得了国际组织的认可。作为该教席的主持人,我会带领我的学生继续探索,砥砺前行,坚定国际视野和开放格局,构建全球乡创可持续发展合

在田间地头与村民话家常（右一）

作网络，为实现以文化创意为机理的地方可持续发展做出北大人应有的贡献。

"花田生生，乡愁深深。"当前，我们国家正以磅礴伟力探索乡村环境建设、乡村产业发展和乡村社会治理的新观念、新实践。这种探索开启了中国式乡村现代化的新路径：正在超越"乡村问题"的传统叙事，从"乡土－天下"的现代视野、中国立场和共同富裕的愿景出发，构建中国式乡村现代化的行动框架，统筹农业现代化、农民主体权利和农村要素集约的多元目标，将乡村振兴定位为立足中国实际、面向人类文明的创新探索，通过构建"以乡村为方法"的知识框架和实践体系，充分展现乡村现代化对于中国式现代化、人类文明新形态的未来价值。这是国家乡村振兴的宏大使命，也是北大人乡村振兴的责任担当。

北大人传唱的《燕园情》里有句歌词："我们来自江南塞北，情系着城镇乡野。"一程山路,一程归途,我们去得了远方,也回得了故乡。于我们而言,白马花田不再是指向某个具象的地理方位,而是我们的精神原乡和梦想之地。我和我的学生常常为了奔赴乡村而星夜赶路,我有时看着学生的背影,如同看见少年时的自己。我们在星空下赶路,又一同迎接曙光,正如一代代北大师生一次次回应民族和时代的命题一样。师生与花田的双向奔赴,是师承的薪火相传,是朋辈的携手共创,为着更美好的中国。

倾听与引领：
做学生成长路上的伙伴

严　洁

北京大学政府管理学院副教授、博士生导师、副院长。主要研究领域为社会科学定量研究方法，1995年以来组织实施了百余项大规模抽样调查，在研究设计、调查组织与实施、调查质量、统计分析、计算政治学等方面拥有丰富的实践经验，并产出多项研究成果。主持或参与多项国家自然科学基金、国家社会科学基金项目，在《政治学研究》《社会学研究》等核心期刊发表论文多篇。获北京市高等教育教学成果奖一等奖，北京大学教学成果一等奖、本科生科研训练优秀指导教师奖、教学优秀奖、优秀德育奖等奖项。

我自 1990 年起便与北京大学政府管理学院结缘，从学子到老师，如今已在这片沃土上耕耘了 30 载。今天，能有机会跟大家分享我的育人故事，心中满是欣喜。

"师者，所以传道受业解惑也。"这句话是对教师职责的精要概括，也是对我多年教育生涯的生动写照。在我看来，要做好一个老师，不仅要言传身教，更要倾听学生的心声，答其困惑，引其探索，成为学生成长路上的伙伴。在我的教学生涯中，我始终坚信，每个学生都有独一无二的个体经验，他们有着各自的天赋和潜力、带着各自的梦想和困惑走进大学，需要被看见、被倾听，稍加引导和启发，就能绽放出耀眼的光芒。

我开设的"应用统计学"课程对于人文社科专业的大一学生来说有一定的难度，一开始许多学生都担忧，怕学不好。面对这种情况，我花费大量时间和精力准备了有针对性的应用案例，每年都根据学生特点对课程内容进行适时调整，并且留出足够的时间给学生们答疑。

此外，我还有一个重要的"法宝"——把批作业当作倾听与引领的平台。这门课到 2024 年已经是第 14 年开课，每年平均有 104 个学生选课，每个学生都要完成三次作业。我会一一批改、批注这些作业，通过这个过程去发现每个学生的个性特点，在批注中表扬其所长，纠正其误解，鼓励学生去勇敢探索，激发他们用不同的视角发现问题。"加入论据的地方，一般是放在'有显著的差异''有相关关系''有显著的影响'这类表述后面"，"本题做得非常好，

在北京大学政府管理学院教职工大会上做报告

解读准确,信息量很丰富。但选择解读视角不一定要按照比例的高低从大到小,选择解读视角要关注理论意义或政策价值,例如,从是社会压力还是个人压力、是理想缺失还是公平缺失的角度进行描述",这些都是我通过作业批注传递给学生们的。学生们也学会了通过作业提出更多的困惑。比如,有位同学在作业中写道:"严老师,第(4)问我写 24 是因为您上课讲过总样本数是 total 那个地方的自由度 +1。但为什么不是组内的自由度 +1,也就是 22 呢?希望您能解答一下我的疑惑。"虽是无声的交流,但却是心灵间关于学术问题最纯粹的沟通。它激发出每个学生对知识的渴望,也让学生对自己有了信心,对下一步的学习任务有了方向。慢慢地,我就成为学生最可信赖的老师。这种建立信任的过程也让我深刻感受到,老师陪伴他们成长是教育成功的关键因素之一。付出就会开花结果,学生们在评估这门课程时,对于"教师对我们的问题(包括作业或考

课间给学生答疑

核评价）给予及时、有帮助的反馈"的指标，给出了 97 分的高分。"我要疯狂给严洁老师打 call！讲课清楚，对学生超级耐心！""完全不用担心社科'小白'学不懂，没有任何先修要求，不懂的地方老师手把手教你，真的是我在北大四年遇到的特负责的老师，推荐！""每周 office time 老师都会在，而且很欢迎同学们提问，不管你问的问题多 low，老师都会特别细心地回答，从来没有烦过（我一学期去找过五六次，每次老师都超耐心）。"……学生们的肯定温润着我的内心，也更加坚定了我进一步做好课程教学的信心和决心。

上过我的课之后，平时敲门找我的学生就多了，他们或找我指导本科生科研和"挑战杯"项目，或垂头丧气诉说心事，或分享拿到了人生中第一个 offer，甚至是和我交流恋爱中的问题……学生在我这里是排在第一位的，收到学生们的信息，不管多忙，我都要求自己一定要在 24 小时之内给学生回复、解惑，这也体现了我对学生的尊重。在这个过程中,我享受了被学生需要的感觉,不仅作为他们的老师,还作为他们的长辈。在一次次的倾听和交流中,我不断加深对学生的了解,而在教师节、新年时学生发给我的祝福,就是对我最大的肯定和鼓励。

如何让学生在每一次交流中都能有所收获,也是我一直在思考的问题。倾听是第一步,第二步就是给予引导。作为北大老师,培养学生的创新精神、自主学习和实践能力是我们的重要使命。我经常在作业中不断启发学生用多元视角去分析问题,并逐渐形成有创新价值的研究问题。我在大一的"应用统计学"课程的一份作业批注中写道,"分析很细致,除此之外,分析视角还可以看看绿色出行和非绿色出行";在大二的"社会调查理论与方法"课程的一份作业批注中写道,"用校园热点事件作为副标题也有吸引力,你们可以小组讨论一下,创新点要不要放在校园事件与社会事件的差异性方

备课中

在云南弥渡县开展田野调查期间

面"。此外,我还有意识、有目标、有步骤地引导学生们形成跨学科交叉融合的研究视野。在"社会调查理论与方法"课程中,我在选题领域注重引导学生关注政治学与公共管理学,公共管理学与社会学,政治学与社会学、法学,政治学与传播学,公共管理学与信息技术等不同学科之间的融合,在方法领域注重引导学生关注多元方法相辅相成。该课程小组作业中的《肝度·氪度:大学生网络游戏消费行为的权力动机研究》《生成式人工智能对大学生深度学习能力影响》等文章,均借助了跨学科的知识并采用多元视角和方法来完成。课外,在指导本科生科研或者"挑战杯"项目时,我也有意识地引导学生组成跨学科研究团队,例如,我指导的"挑战杯"获奖作品《大学生社会网络对其政治参与的影响》等都很好地融合了政治学与法学、社会学的知识和解释框架。对于"教师鼓励我独立思考,注重培养我的创新精神""课程教学内容具有挑战性,促使我开展主动学习""教师教学激发我的学习热情和深度学习的兴趣"等三项课程评估指标，学生们也都给出了平均 97 分的高分。

社会科学离不开社会调查，我一有时间就带着学生去做社会调查。我记得有个全国性的调查项目，我和学生们一起在外调研了很久。一开始学生们不敢敲门入户，通过观察提出的问题都比较零碎，与基层干部打交道时也显得很局促。晚上开讨论会的时候，有的同学就问："资料太多了，各式各样，我记了好几万字的访谈记录了，还有一堆照片，要怎么用呢？"实践中的交流是最真实、最接地气的，我一方面引导学生在调研中消化和理解课堂上的知识和方法，另一方面用看到的问题引导学生关注现实，鼓励他们从不同的视角去发现问题的本源，并寻求解决问题的不同方案。在这个过程中，我明显看到学生们能力的提升和综合素质的增强。我指导的学生之所以能在本科生科研或"挑战杯"项目中获奖，很重要的一个原因在于他们的作品来自现实问题：掌握第一手资料的同时，又很好地讨论和解决了现实问题。这些经历告诉我，给予合适的引导才能让学生们成长得更快、更好，我也才能成为他们更可信赖的好老师、好伙伴。

回首我的教学生涯，我深感幸福，我看到了一个个学生朝气蓬勃、积极进取。他们基本功扎实、视野开阔，他们有独立的想法，更有勇气和担当，他们必将成为堪当民族复兴重任的时代新人。

感谢每一位走进我的课堂，或者向我提过问题，或者和我一起做调查、做课题的学生，是你们让我感受到了教育的意义和价值。

做学生的朋友

燕继荣

北京大学政府管理学院教授、院长，北京大学国家治理研究院副院长、公共治理研究所所长，长江学者奖励计划特聘教授；兼任中国政治学会副会长、中国行政管理学会副会长、全国公共管理专业学位研究生教育指导委员会副主任委员等。主要研究领域包括政治学理论、国家治理、政府改革、社会治理等，主持的课程"政治学原理"被评为国家精品课程。出版《国家治理及其改革》《社会资本与国家治理》《中国现代国家治理体系的构建》等多部著作，发表学术论文250余篇。获北京市优秀共产党员，北京大学"十佳教师"、优秀德育奖等奖项和荣誉，《政治学十五讲》和《发展政治学》获评北京市高等教育精品教材。

我是北京大学政府管理学院的燕继荣，主要从事政治学的研究和教学工作。很高兴有机会和大家分享教书育人的经验和感受！

我1980年进入北大学习，1987年研究生毕业留校任教，到现在，我已经当了37年的老师。我的人生经历其实非常简单，前半段读书，后半段教书。我的职业追求也很简单，就是当一个好老师。

习近平总书记说过："一个优秀的老师，应该是'经师'和'人师'的统一，既要精于'授业'、'解惑'，更要以'传道'为责任和使命。"按我个人理解，"授业"和"解惑"是知识的传授，而"传道"就是思想的培育、人才的培养。培育思想首先要求老师自己有思想，但不是把自己的思想原封不动地灌输给学生，而是让学生学会思考，成为有思想能力的人，进而形成他们自己的思想。在知识传播日益广泛的今天，技术手段愈加发达，思想的力量显得尤为重要。"授业"也好，"解惑"也罢，这些工作或许可以交给AI和各种辅助性的技术工具来完成，而因材施教、"传道"育人则是教师不可替代、无法推脱的职责。

人们常讲，"术业有专攻"，对于大学教师而言，满足做一名"经师"的条件或许还不算太难，但要做好"人师"，却并非易事。那么，如何做好"人师"？古今教育界理论丰富，观点无数。但就我个人的经验和认识来说，首先要做学生的朋友，以朋友的立场和态度，去倾听，去沟通，去对话，达至分享观点、达成共识的境界。

37年前，刚刚留校任教的我受命担任北大1987级政治学本科

2023年11月,在北京大学政府管理学院第五届治理现代化论坛开幕式上致辞

班的班主任。开学不久,我就作为"连队副指导员",带这个班去河北正定参加为期一个月的军训——正步列队、野营拉练、摸爬滚打等等,一起过上了军营生活。班主任是我当老师后的第一个工作角色。那时,我25岁,比我的学生大不了几岁,因此,我和他们很自然地打成一片,成了朋友。食堂打饭,楼道串门,课堂之外,经常一起谈天说地,讨论从学术到生活的各种问题。在这些讨论中,师生之别消失了,有的只是朋友之间平等的交流。这种交流一般是和平的,但有时也难免变成唇枪舌剑的辩论。我认为,这是朋友之间的交流,让我学会倾听,学会平等地提问和质疑,学会把控话题和引领思想。在这种讨论中,我能看到我的学生如何把零散的知识逐渐变成系统的观点,怎样把不准确的感性表达逐渐变成完整的理性阐述。虽然这些观点和阐述不一定是我的,但我知道,我至少充当了他们思想观点的"助产士"。现在,几十年过去了,每当回忆起那

2024年1月,带队在云南调研(右三)

时的情形,我的学生们经常说,相比于课堂讲授的内容,这种在不经意的讨论中形成的观点对他们的影响更大。我想,如果没有一开始和学生做朋友,也就不会有后来思想的培育、教学相长的良好关系。所以,从那时起我就坚信,要做一个好老师,必须做学生的好朋友。

当然,这次做班主任的经历不仅使我体悟到了"传道"、做"人师"的道理,而且使我收获了许多很宝贵的东西。我后来获得过北大"十佳教师"称号和北大优秀德育奖。学生们喜欢和我相处,愿意找我交谈,即使毕业离开校园多年的学生也经常会回来看我。直到现在,我和他们仍保持着非常亲密的关系,经常一起聚会,而每凑到一起,都会像当年一样畅快地聊天。我想之所以能如此,主要是因为他们觉得我是一个值得交往的朋友,而不只是一个让人敬畏的老师。

我常常想,班主任是"主任"系列中最小的职位,但我凭借这个小小的职位,获取了最大的收益:我用几年的时间,换来了和许多学生一生的情谊;我用自己朴素的良知和清谈,换来了学生们理性的沉思和共同的信念;我用挣脱蒙昧主义的个人努力,换来了助燃光明的集体行动……这是多么宝贵的收获!如此高投资回报的激励,让我在日后也非常乐于担任班主任。在北大这么多年,除了授课,我一共六次担任班主任:三次担任本科班主任,两次担任博士班主任,现在正在担任香港高级公务员MPA(2023)班的班主任。就拿本科班主任来说,从1987级到2017级,整整30年,我把两个年级的班联系起来,让"老同学"指导"小同学",并号召"老同学"建立了"87奖学金",以资助"小同学"。在师兄师姐的帮助和引导之下,2017级同学虽然经历了特殊时期

生活照

2023 年,在政府管理学院迎新现场

的考验,但都顺利毕业:有的继续读书深造,有的进入政府部门工作,有的入职企业。

　　自 1987 年留校,本人已有 37 年大学教龄。这么多年,我对北大的情感,不是来自校园日益密集的高楼大厦,也不是来自数字不断刷新的成果纪录,而是来自对于一批批中国青年学子进步成长的真实见证。最让我引以为荣的是,我的学生,不管身在何处,不管职业如何,不管职位高低,不管财富多少,都能以自己的开放淡定、学识才智和坚守执着,成为执业同辈中的精英。他们让我看到的,不是得势者的骄横,不是失意者的灰心,而是北大人的尊严、北大人的梦想与追求、北大人的责任与使命。他们展现的正是北大精神!在我看来,一个真正的北大人,更在乎对于独立自由精神的追求、对于民主法治的贡献、对于人类文明的探索。

走在教书育人的路上，我心中有说不尽的故事，而做学生的朋友是我 37 年来始终坚持的信念。记得 2012 年，我的学生们为我办过一次生日聚会，我曾经写过一段文字表达我的感想：2012 年 12 月 1 日是我的第 50 个生日，那意味着本人进入了知天命之年。现在，我深刻领会到，"命"就是"生命 + 使命"——它让我不由自主，永不停歇；我也终于明白了老天对我的命运安排——不经商，不做官，留守北大，做个"主任"带个班！

师者如光，微以致远

占肖卫

北京大学博雅特聘教授，国家杰出青年科学基金项目获得者，中国化学会会士，英国皇家化学会会士；曾担任 *Journal of Materials Chemistry A* 科学编辑、*Journal of Materials Chemistry C* 副主编，以及 *ACS Energy Letters*、*Materials Horizons*、*Aggregate* 等多个期刊的编委或顾问编委。长期从事光电功能高分子材料研究，在非富勒烯有机太阳能电池领域做出了开创性和引领性贡献，研究成果被 *Science* 等权威期刊报道评述。在 *Nature* 子刊等期刊发表论文 390 余篇，被引用 55400 余次，2017 年以来连续入选全球高被引科学家名单。获教育部自然科学奖一等奖（第一完成人），北京市科学技术奖自然科学奖二等奖（第一完成人），中国化学会青年化学奖，中国化学会高分子科学邀请报告荣誉奖，中国科学院优秀研究生指导教师奖，北京大学优秀德育奖、优秀博士学位论文指导教师、优秀班主任标兵等奖项和荣誉。

人们常说，"师者如光，微以致远"。这句话不仅赞美了教师职业的光辉，也道出了教师工作的深远意义。对此，我深表认同。

起初，我心中有一束光，那源自我的祖父。自小，我就怀揣一个梦想：考入大学，成为一名教师。尽管当时对如何实现这一梦想并不清楚，但我明白，必须努力学习，为实现未来的理想铺路。这种似乎基于"直觉"的选择，实际上源于我祖父的榜样力量。祖父曾是当地的秀才，也是备受尊敬的私塾先生，村里有多位小学校长年幼时都曾受教于他。后来，祖父不幸早逝。虽然我从未见过祖父，但祖父教书育人的故事让我从小就对知识充满了好奇，也对教育产生了浓厚的兴趣。经过多年的不懈努力，我终圆教师之梦。如今，我也成了那束启迪学生的光。我延续了祖父对教育的执着热爱，更将这份初心发扬光大，致力于启迪和培养更多的学生。

正如根深之树不风折，泉深之水不涸竭，在教学方面，我十分注重对学生基本技能的培养。十年来，我承担着本科生"理工科文献检索和科技写作"的教学任务，深信科技信息和写作素养是培养人才创新能力的基础，也是学习和研究的基础。为此，我在教学内容设置中引入巧思，将科学思想、科技历史、科学典故与思政教育相互融合，使得基础知识变得生动有趣。我确信，学生只有基础扎实，才能在学术上更上一层楼。我希望我的课程不仅能提升学生的文献检索和写作素养，也能激发他们对知识的渴望、培养他们的创新能力。

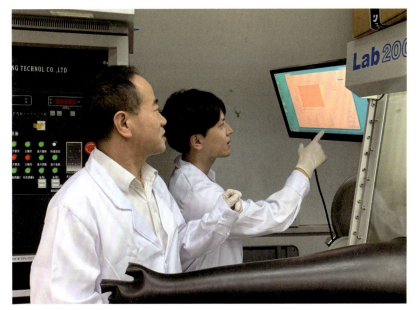

在实验室工作（左）

每年课程结束后，我都会收到学生们的邮件。有的说："我在这门课上收获的不只是您教给我的文献检索和科技写作方法，更多的是您带给我的思考和启迪。"有的说："您在短短的一学期里，带给我无数的知识财富，也带给我无数的感动和继续前行的力量！"也有的说："在我心里，大学四年最有用的课就是您的课，这门课应作为工学院本科生必修课。"他们的话语让我感到温暖和满足。

同时，在我看来，教师不仅是知识的传递者，更是希望的点燃者。因此，我还积极参与科普活动，努力让更多人接触科学知识、感受科学魅力。

2023年暑假，我受邀回到高中母校——安徽省桐城中学，为学弟学妹们带去了一场科普讲座。我也没想到，当天竟然有300多名优秀学子汇聚到半山阁讲坛。讲座上，我将日常生活中的柴米

与材料学院 2018 级博士班学生交流（右一）

油盐和科学中比较深奥的道理紧密结合，在展示富勒烯的结构和形状时，让学生们将其想象成一颗颗可口的汤圆，用面条比喻高分子链结构，帮助他们理解富勒烯和高分子材料的特性和用途。窗外骄阳似火，室内也热火朝天，讲座反响十分热烈，有很多学生刨根问底，甚至向我索取签名和合影。

我坚信，科学的力量、科学的精神和科学的魅力应该深深植根于广大老百姓，特别是青年学生群体。我希望通过自己的努力，加强科学宣传，也希望继续以我的专业知识和对科研的热爱，激发更多学生对科学的兴趣，并让热爱在兴趣的土壤里落地生花，让教育事业、科学精神薪火相传。

我们要用自己的行动去诠释师者如光的精神内涵，用微光照亮学生前行的道路，引领他们走向更加美好的未来。在科研道路上，我致力于将勇于开拓、刻苦钻研的科学家精神传递给学生。2006年回国后，我开始了独立科研生涯，选择了一条同行们都不看好的路——专攻有机太阳能电池的非富勒烯受体材料研究。在1995—2015年这二十年里，富勒烯曾经是被最广泛使用的电子受体，这一时代被称为"富勒烯时代"。然而，富勒烯受体的诸多缺陷导致其光伏器件效率低，严重制约了该领域的发展。另外，2006年以前，国内外对替代富勒烯的新一代电子受体的探索很少，因其器件效率很低，常以失败告终。当时，我们是国内唯一进行此项研究的团队，即使在国际上也屈指可数。早期因非富勒烯受体器件效率低，我们的论文常常被拒。但我仍甘于坐"冷板凳"，终于"十年磨一剑"，在2015年开创了以"明星分子"ITIC为代表的稠环电子受体体系，解决了以往使用富勒烯无法攻克的科学难题，实现了器件效率的飞

课题组合影（前排中）

生活照

跃,开启了"非富勒烯时代",成就了"中国原创",奠定了我国在该领域的国际领跑地位。

我经常鼓励实验室的学生:要敢于质疑、敢于标新立异、敢于走进"无人区";要甘于"啃骨头"、甘于坐"冷板凳";要有把"冷板凳"坐热的梦想。我每天早上7点就来到办公室开始一天的工作,直到晚上11点才回家。我想,在我的陪伴下,学生们也能更加坚定地走在自己选择的科研道路上。2019年和2020年,我很荣幸被评为北大优秀博士学位论文指导教师。我知道,研究生导师不仅要自身学术水平高,还要激发学生的创新精神,培养他们的科研能力,给予他们坚定的支持和鼓励。让我感到欣慰和自豪的是,我的学生们用优异的表现回报了我的付出。例如,2019届博士生王嘉宇在攻读博士学位期间取得了优异的学术成绩,以第一作者身份在化学和材料领域顶级期刊发表多篇高质量论文;两次获得国家奖学金，四次获得校长奖学金；还荣获北京市优秀毕业生、北京大学优秀毕业生，获评北京大学优秀博士学位论文等。我的学生们毕业后或在大学任教，或在科研院所深耕，或入职龙头企业，都取得了可喜的成绩。

在科研方面，我秉持严谨、缜密的态度；在生活中，我被赋予了"随和、真诚、朴实"的温暖标签。我经常和学生促膝长谈，倾听他们的心声，做学生的知心人，几次谈话中竟然令学生感动到落泪。我很了解学生们的特点、兴趣和需求，也会力所能及地为他们提供实实在在的帮助。我愿做一盏温暖的明灯，照亮学生的发展之路，帮助他们谋划未来，找到兴趣和潜力所在，并顺利过渡到职场生涯。2022年和2023年，我分别荣获北京大学优秀德育奖和优秀班主任标兵称号，我想这是我对教育的热爱和奉献精神的肯定。

回顾这么多年以来做老师的收获，除了在科研方面得到了国内外同行的认可，更令我欣慰的是，能在教育之路上与学生教学相长，为学生的未来铺路。

在未来的教育之路上，我将继续秉持初心，不断提升自身的专业素养和教育能力，为培养更多优秀人才贡献力量。我相信，只要我们用心去爱、去教、去引领，就一定能够激发更多学生的知识之光、心灵之光，让教育的微光照亮更远的未来。

直面国家需求，
勇担育人使命

张信荣

北京大学工学院教授、博士生导师，北京市城市热管理工程技术研究中心主任，北京能源学会会长，CO_2 热力学循环及其传热领域著名科学家，多项国际 CO_2 发电、制冷和制热热力学循环技术的创始人，入选 Elsevier 能源领域高被引学者和全球前 2% 顶尖科学家榜单；担任 *International Journal of Energy Research* 副主编和其他 4 个国际期刊的编委。带领团队提出将 CO_2 作为新型制冷剂，应用于冰面、雪道建设，安全、环保、节能、高效，创造冬奥会历史，成果得到习近平总书记的高度评价。出版英文专著 3 部，发表高水平期刊论文 180 余篇，授权专利 90 余项，成果得到广泛应用。获北京市科技进步奖一等奖、中国商业联合会科学技术奖一等奖、北京 2022 年冬奥会突出贡献个人、北京大学优秀博士学位论文指导教师等奖项和荣誉。

自 2007 年在北京大学工学院任教以来,至今已有 17 年光阴。作为一名老党员,我始终坚守自己的初心:做科研紧盯国家重大需求,敢为人先,坚持走新路、走难路;育人尊重每位学生的个性特点,因材施教,帮助他们实现梦想。秉持这样的初心,我指导了一批又一批学生,他们或在科研领域勇攀高峰,或投身国家重大项目建设,或深入基层直面民生需求……他们都把个人梦想与民族梦想相结合,在逐梦过程中既成就了自己,也满怀家国情怀为国家事业做出了贡献,这让我倍感欣慰。

我始终认为,要把育人与国家重大需求结合起来,鼓励学生攻坚克难。

我充分尊重每一位学生的选题自由,同时鼓励他们瞄准国家的重大需求。多年来,大家都把利用好温室气体 CO_2、打造新兴低碳产业作为毕生事业目标,在很多领域取得了重大成果。2015 年我国申办冬奥会成功后,我向冬奥组委建议采用 CO_2 替代氟利昂制冰并被采纳,之后便带领同学们一头扎到冬奥会制冰造雪项目建设中。学生们同样也把自身所学和研究成果应用到冬奥会建设中,在现场摸爬滚打,一待就是几个月。其间,同学们因参与重大项目而承受着巨大压力,我便经常鼓励大家化压力为动力,并以身作则用心地完成每一项工作,和大家一起攻克了一个又一个难题。功夫不负有心人,我们成功地在国家速滑馆实施跨临界 CO_2 直冷制冰技术,其冰面被誉为冬奥会历史上"最快的冰",在

参加北京冬奥会制冰项目期间

这一场馆中最终产生了 10 项奥运会纪录和 1 项世界纪录。同时，该技术还可以回收制冰产生的全部余热，年节电约 200 万度。习近平总书记对此作出高度评价：国家速滑馆制冰技术"世界领先"，"实现了低碳化、零排放。要发挥好这一项目的技术集成示范效应"，"为推动经济社会发展全面绿色转型、实现碳达峰碳中和作出贡献"。

我经常跟学生说："板凳要坐得十年冷，只有坚持才终有收获。"疫情期间，我开始带领学生投入利用 CO_2 灭活冷链新冠病毒方面的研究。我们团队经历了质疑、彷徨和挫折，经过无数个披星戴月的日子，最终发现，超临界 CO_2 具有强氧化性，可以溶解、破坏新冠病毒包衣膜，使之失去活性，丧失感染宿主细胞的能力，这为安全、绿色的冷链提供了有力保障。在碳中和背景下，CO_2 的高效利

组织能源国际环境论坛期间（中）

用研究将会打造系列化新兴低碳产业，其中还有很多艰巨的任务需要我们去完成。科研选题要具备科学上的重大意义和潜在的实用价值，我将继续做好学生学习和工作生涯的引路人，带领学生始终聚焦国家重大需求。

我始终坚信，每个学生都像一块璞玉，需要发现的眼光和精心雕琢。

作为一名教师，我的首要任务是教书育人。我几乎投入了全部精力和心血来指导学生，这一点深受我导师的影响。在清华大学攻读博士学位期间，我师从中国科学院院士过增元教授。过老师的言传身教，让我深深懂得了师者的责任之重。当我在科研过程中遇到困难时，过老师总会给予坚定的支持和悉心指导。我觉得，教书育人是世界上最神圣的工作，也是最难的工作，但我会始终心怀大爱,全力托举每一个学生的梦想。

我会先熟悉每个学生的个性和优点,从而有针对性地引导他们开展学习和科研。我会根据每个学生积累的专业知识和研究兴趣,与他们共同探讨,帮助他们确定研究方向。有的学生熟悉地热研究,我就帮他选择关于CO_2在增强地热开发方面的课题;有的学生对国防军工感兴趣,我就带他在高超声速CO_2新型动力领域开展研究。学生的性格特点各异:对有些内敛、喜欢理论钻研的学生,我会引导他们开展基础科学研究;对更希望在工程应用方面有所建树的学生,我会与他们一起在应用中解决实际问题。在多元化、多层次施教方针指导下,每个学生都能在自己擅长的领域游刃有余地开展学习和科研,也有诸多收获,如多位学生获

冬奥会赛后国家速滑馆制冰机组高效运行现场(左三)

得优秀毕业生荣誉称号,他们的多项研究成果也获得了高级别奖励。

我始终坚持,以启发式教学为纲领,努力打开学生科研创新的思路。

其一,把学习的主动权交给学生。每个学生在进入我的课题组之后都要撰写研究综述,围绕某个课题或研究方向,独立分析国内外研究现状、技术发展脉络,弄清楚这项研究发展到了什么阶段,有哪些可以挖掘的科学问题和难点,并清晰地提出自己要攻克的难题在哪里,可以解决什么科学问题或指出实际应用中的难点、痛点和堵点。"站在巨人的肩膀上",了解一个课题当前的研究基础、学习前人的研究经验,才能更好地做出研究成果。

其二,给予学生充分的信任。我和团队努力争取优质项目,提供充足的机会让学生独立承担科研项目。每个科研项目都是一个全新的课题,秉持对委托方负责任的态度,我们难免担心学生第一次做会不会顺利。实际上,经过多年的实践,我发现只要跟学生充分地沟通,他们每个人都有非常独到的见解和解决实际问题的能力。我们需要做的就是放手让他们去思考、去研究,尽情释放自己的潜能,并随时与之保持沟通,大家一起去攀登科研的高峰,而不是代替他们去做具体的研究。

其三,依靠学习走向未来,适应时代的挑战。我时常鼓励大家多涉猎新的领域、学习新的知识。当今科技样态越来越复合,高端、前沿的科研领域要求更多跨学科的人才和思路。因此,我们需要在专注于自己本领域研究的基础上,尽量多学习其他领域的知识,构建多层次的复合知识体系——知识储备要"博",专业知识要"精",这样才能满足科研人才日益多元化发展的需求。

习近平总书记强调:"实现中华民族伟大复兴的中国梦,需要一代又一代有志青年接续奋斗。"作为承担培育青年重任的高校老师,我丝毫不敢松懈。我将继续身体力行,言传身教,围绕国家重大需求开展科研,培育良才,将全部精力投入这份我热爱的育人事业。

大爱似无情，
育人要尽心

张卓莉

北京大学第一医院风湿免疫科主任、教授、博士生导师；兼任中华医学会风湿病学分会第十一届委员会副主任委员、秘书长，中国医师学会风湿免疫科医师分会影像学组组长，国家医学考试中心风湿组组长等。曾经在北京协和医院工作17年，在英国和荷兰工作4年，2007年创建并开始带领北京大学第一医院风湿免疫科发展，使之成为国家临床重点专科、国家皮肤与免疫病临床研究中心；引领国内风湿影像学的发展，致力于推广规范化操作、建立行业标准。参与国家自然科学基金项目、国家重点基础研究发展计划（973计划）子课题项目等科研资助项目20余项，发表文章500余篇（含SCI论文200余篇）。获中国女医师协会五洲女子科技奖，杨芙清－王阳元院士奖教金优秀奖，北京大学医学部教学优秀奖、优秀博士学位论文指导教师、医学部"良师益友"等奖项和荣誉。

"有人说，教育的本质是一棵树摇动另一棵树，一朵云推动另一朵云，一个灵魂唤醒另一个灵魂。犹记得，科研周会上、深夜办公室里、门诊桌旁，导师张卓莉教授的谆谆教诲、指点迷津，让我豁然开朗，不再迷茫；总想起，彻夜明亮的办公室里，辅导员老师们忙碌的身影，记挂着每一名学生的大事小情，为我们排忧解难、保驾护航；仍怀念，与并肩作战的小伙伴们，一起到处寻找有着'莫名消失术'、价值一个亿的签字笔，一起讨论如何拯救被实验和论文逼退的发际线。我们为师友唱起感恩之歌，感谢你们给予的付出与陪伴，温柔与善意。"

上面的一段话出自2022年毕业季我的学生黄红在北京大学医学部毕业典礼上的讲话。毕业近两年了，现在黄红已经成为临床医生。回想起她读博期间取得的成绩，我还是很欣慰，选了一棵好苗子，这棵苗子已经在逐渐长大，将来会长成大树。

"医学生要种全面发展的草"

最初，黄红是我的硕士研究生，读硕期间成绩优秀，临床轮转时获得不少"点赞"，但在硕转博考试中出现闪失，最后非常遗憾地离开北京大学，就职于一家医院。大约在工作了两年后的那个春节前她约我："老师我想回来读书，我想明年读您的博士。"我同

2024年，在浙江省医师协会风湿免疫科医师大会上发言

意了。经过两年左右的工作淬炼，黄红回到北大校园，回到北京大学第一医院，我们每一位接触过她的老师都能感受到她对知识的渴望、对北医的热爱、对科室的感情。黄红觉得，自己已经工作过，内心深处更有不负韶华的动力。在任何一个岗位她都会面带微笑，对任何一个求助她都会无私奉献。我仍然清晰记得入学伊始：我和她讨论后确定了研究方向，带着她一点点敲定课题方案、分析实验结果、反复修改文章的情景；我鼓励她走出校园，投身社会实践、参与医学科普（她和谢文慧合作的科普小视频也获得相关优秀奖项），承担起北大人的社会责任和担当；我积极推荐她参加学术讲座、病例演讲，在一次次锻炼中，她的演讲和表达能力不断提高。在全国风湿免疫学科年轻医生的演讲比赛中，黄红获得多个一等奖。读博三年里，她全面发展，发表多篇高水平文章，获得国家

奖学金，被评为北京市三好学生、2021年"北京大学学生年度人物"……看着她在演讲台上自信而充满激情的身影，我的心中感慨万千，一个个沉甸甸的荣誉，是对她的付出和努力的肯定，也是送给老师最好的礼物。当年稚嫩的孩子一个个长大、成熟，像小鸟出窝一样展翅飞翔。

因材施教，一个都不能少

我始终坚信，每个学生都是一颗种子，都会发芽开花。我尊重每一朵花的成长规律，站在他们的背后观察和鞭策，更多的是给予指导和帮助。

"有目标的人是在奔跑，没有目标的人是在流浪。"我总是结合学生的特点和他们一起制定阶段性目标和长期目标，并朝着目标一步步前行。我对学生的要求是严格的，教导他们做学问要精益求精，隔周开一次科研周会，每个学生都要汇报进度，拖拉的学生会被鞭策。我知道，做老师应该无私，小善是大恶，大爱似无情。

只有苛刻的要求，没有真诚的爱，教育的威力会大打折扣。我关心每一名学生，观察和了解他们的情况，如生活压力、经济压力、思想波动、个人问题……我会想办法帮他们，在我的眼里，学生就是我的孩子。曾经有一名学生，家庭困难，自我认知也不够，读书期间在各方面都比较艰难，我多次和他谈话，帮助他。答辩后，孩子来我办公室道别，最后和我说："老师我能抱抱您吗？"我的眼泪唰地下来了，孩子长大了。这些年，学生和科室里医生的文

生活照

章都是由我亲自修改,没用过任何外界辅助。学生的第一篇 SCI 论文改起来非常辛苦,无法言说,有时要反复修改十几次,但最终都得以发表。

教育中只有爱和严格是不够的,培养优秀学生还需要科学的方法。首先,科室十年来建立了非常完善的队列和标本库,为学生的科研工作打下了坚实的基础。其次,每逢重要节日,我都会邀请学生来我家一起过节。我会离开医院的环境来观察学生的特点,结合学生在工作中展示出的强项和弱点,制订个体化的培养方案。最后,我会依据学生的特点和研究方向安排副导师,给予学生更具体、及时的指导。

学生的天资有差别,偶遇天才时我也会精神振奋,因为他不用扬鞭自奋蹄。谢文慧是名聪慧的学生,稍加点拨便会迸发出无数灵感，并且执行力强、效率极高。遇到这样的好苗子，老师当然要鼓励他前行。

有一年我在美国休假，恰逢他的一篇文章刚收到修改意见。我们争分夺秒，利用时差每 24 小时完成一轮修改，最终文章被风湿学界的顶级期刊接收并发表。这是我们科第一篇高分 SCI 论文，这篇文章取得突破后，科里的科研气氛和自信心上了新台阶。

我和文慧经常半夜还在交流，晚上 11 点多他把文章发给我，我马上修改发回，早晨看到邮件，当天晚上文章已经投出。学生这么勤奋和优秀，做老师的更不能偷懒怠慢，他的文章，我们总是在几天内修改好。5 年读博期间，他共发表 27 篇 SCI 论文，多篇为高影响因子，获得国际青年学者奖，获批北京市科协青年人才托举工程项目等，成为风湿学界一颗冉冉升起的新星。 我给他定的小目标是："国青"、面上、"优青"、"杰青"。成长过程中，只有经过每一个台阶，才能逐步垒砌自己的学术城墙。

天资普通的学生怎么办？我会安排科室聪明高效的医生辅助他，给予更多关注和帮助。几年下来，这类学生的毕业履历也同样亮眼。

有一名学生，效率很低，每一次科研周会上都要被督促。有时候学生压力也很大，我就在会后找时间和学生交流，一起找原因，再请科室其他老师帮助。他的博士论文，我前后修改了七稿，毕业时科研产出也不错，顺利入职家乡省会的三甲医院。现在，每次我去他所在的城市出差，他都会跑来看我。学生真的长大了。

科室是摇篮，发展靠梯队

人才是财富，更是科室的未来。经过十几年锻造，我们科室人才济济，我的学生耿研、季兰岚、张晓慧、宋志博等都已经在风湿学科崭露头角，只要有比赛，他们中必有斩获大奖者。科室经过十几年的发展，在人才培养方面已积累了丰富经验并且有了成熟的管理方法。

其一，入科学生的培养计划。我们会给新入科学生布置作业，每人都要完成一篇专业领域的综述文章，以通过文章诊断学生的逻辑思维和文字能力。然后让学生自己选方向，基于方向指定副导师带科研。和其他科室不一样，在我们科，学生必须参加科研周会和周二中午的英文文献学习，培养自己的英文阅读和演讲能力。我们科的每个毕业生都是幻灯和演讲活动中的佼佼者，参加比赛都能获奖。

其二，科室需要什么样的年轻医生？每年科室都会收到一批应聘者的简历，科室选人是由全科医生面试打分。基本标准是：（1）人品要符合我们科室的文化，即坦诚、无私、热心、勤奋，大家要做一辈子的同事。（2）具备科研能力。我们培养的是大医生科学家，不是一名只看病的临床医生，因为我们是北京大学第一医院风湿免疫科，是中国一流的风湿免疫科。

2020年除夕前夜，科里接到任务，需要派一名医生参加国家医疗队驰援武汉抗疫。我在科室微信群发出通知后，宋志博医生第一时间主动报名。当时，他的小女儿未满三个月，我们都替他担心。但是志博医生义无反顾，无惧地奋战在抗击新冠疫情的第一线。那会儿，我经常在晚上微信问他武汉的状况，他每次都非常沉稳地答复我。我站在后方，默默望着那个曾经有些腼腆的大男孩日益成长为一名有着家国大爱、责任担当的抗疫英雄，由衷地为他感动、为他骄傲。当他回到科里的时候，我们一见面就流下了激动的眼泪。不经事，不识人。

我的学生李娟如今已经是海南医学院第一附属医院风湿科主任，成为当地的中青年学术带头人，获得了海南省"好医生"称号……我在两千公里之外接收到她频频传来的捷报，并尽己所能为她提供支持和帮助。

耿研是我在北京大学的第一个研究生。如今，她成长为科室副主任，也是中华风湿病学会的青年委员和秘书，在国内的风湿免疫领域小有名气，承担了不少社会工作。她同时也是国际肌骨超声培训师、研究生导师。看着她带学生设计课题、修改文章时认真的样子，仿佛看到了十年前的自己，我在感慨时光飞逝的同时，内心满是欣慰和自豪。

"一花独放不是春，百花齐放春满园。"如今，我的学生们已经茁壮成长为风湿领域的中坚力量，在顶级期刊上，我常常能看到他们的文章。"北京大学第一医院风湿免疫科"已经成为国内风湿免疫领域一个闪亮的品牌。

教育圣地是一片希望的田野，种桃种李种春风，种善种美种智慧。教学相长，作为一名导师，我会一如既往地守护他们，倾听每一朵花开的声音，分享他们的成功和喜悦，收获辛勤耕耘的快乐和愿景达成的幸福。我将带着我的团队迈着坚定的步伐，一路前行，一路芬芳！

珍惜每一个学生

赵冬梅

北京大学历史学系教授、博士生导师,中国宋史研究会理事,曾任英国牛津大学高级访问学者,美国斯坦福大学北京大学分校项目客座副教授,德国维尔茨堡大学汉学系客座教授,法国巴黎社会科学高等研究院客座教授。长期致力于宋代制度、政治文化、社会生活和历史人物传记的研究、写作与传播。出版《大宋之变,1063—1086》《文武之间:北宋武选官研究》《司马光和他的时代》《法度与人心:帝制时代人与制度的互动》《人间烟火:掩埋在历史里的日常与人生》等著作。获北京大学人文杰出青年学者奖、青年教师教学基本功和现代教学技术应用演示竞赛人文社科类二等奖(2007)、教学成果一等奖(2008)、大成国学奖教金(2019、2010)、教学优秀奖(2012—2013)、优秀班主任(2017)等奖项和荣誉。

自 1988 年入学、1998 年留校任教至今，我已在北大度过了 36 个春秋，从事一线教学 26 年。每每回想与学生相处的点滴过往，心中都是满满的幸福感。这种幸福感来自师生教学相长的过程，来自亲历学生每一次的进步与成长，更来自师生间充分的信任与对历史学研究的共同追求。

本科教学，是教书，更是育人

本科教育是高等教育的基础和根本。学生通过四年学习，不仅要成为历史专业的专门人才，而且要完成"成人"的教育。其中，育人是根本。在本科教学中，我努力做到：第一，传授专业知识，激发学术兴趣；第二，训练学生的思考力；第三，以人为本，使之在过去与现在、知识与生活、理性与感性之间建立联系，激发学生对中华文化深挚的热爱，努力培养不仅有用而且有德、有趣之人。

1999 年，我创设了"中国古代社会生活史专题"课，至今已开课 20 余年。20 余年来，我将课堂最大限度地开放给学生。每隔三年左右，我都会更新教案，采用新题目、新教法，常葆对学术的兴奋。我会精心选取制作阅读"材料包"，带领学生通过阅读认识、理解帝制时代的社会生活，要求学生课前预习，课上与老师共读讨论，最终从中选取自己感兴趣的材料和题目，写作一篇以扎实考据为基础的小论文。论文不用长,但必须事事有依据。学生要花费大量时间查阅既有研究,最大限度地调动知识储备。对此,学生普遍反映:"工作量巨大,收获巨大。"

史料细读,担当教练与质疑者

对研究生的培养目标与本科生不同,特别是博士研究生,要求是培养未来的研究者,为学科赓续香火。培养历史学研究生最关键的有两点,一是阅读,二是写作。说到阅读,又以对史料的阅读最为吃重——数据化时代让史料更为易得,也对历史学者提出了更高要求,我们已经进入"史料细读"时代,更要下苦功夫。在有学分的正式课程之外,我还为自己的研究生开设了史料细读班。我是领队,兼教练,带领学生出声读,从字、词到篇、卷,一步一个脚印。我希望传递给学生历史学的严谨朴素之美。对于研究生学位论文的写作,我全程做"陪练",担任"质疑者",通过当面讨论和书面批改,不断向学生发问,指出破绽,提醒不足,纠正错误,助其寻找补缀、防卫、改正之法,最终成就像样文章。文章是学生独立完成的,导师只是在旁边陪伴。如此,方可成就未来的学者。

做学问是一场长跑,把用功变成习惯

我作为一个曾经的北大学生、现在的老师,还特别想跟我的学生说一句:做学问,是一场"长跑",要坐得住"冷板凳",下得了

在未名湖畔

狠功夫，把用功变成习惯。对于学生来说，知道自己想要做什么，并且有独立思考和出色的鉴别能力，才是学习中更重要的素质。历史学不是热门学科，从我进入北大的20世纪80年代至今，历史学系招收学生的人数并没有剧烈扩增。在北大，优秀的学生很多，但确实不是每个人都适合学历史。历史是个笨学科，历史生要舍得下功夫，肯花时间读史料。一切从史料出发，实事求是，是历史学本身的核心，是历史学的魂；"守"住了的人，一定有颗很硬的"核"，一定是愿意慢下来下笨功夫的。

有些考试不合格的学生会跑来向我求情，每次都被我严词拒绝。我的观点是，学历史，基础差没关系，但一定要用功，我不会拿任何一门课开玩笑，也不想让学生随便"混"过去。我常常在开学的第一堂课上就亮明观点：老师可以给你提供很多帮助，但你如果不用功、不好好上课，考试不合格时一定不要向我求情，我不会兜底。我能为学生做的，就是不断质疑，提最严苛的问题。

从"知识传播"到"学者养成"，珍惜每一个学生

针对不同年龄和学术背景的学生，我努力做到因材施教、分级教学。我与邓小南教授一起，不断摸索、逐步完善了宋史专业的本—硕—博教学分级体系，建立了一套从"知识传播"到"学者养成"的阶梯渐进课程：本科课程"宋史专题"以教师讲授为主，用以开启通往宋代历史和宋史研究的门径；研究生课程"唐宋官制史料研读"由教师引领，学生自主地对史料进行逐字逐句的细读深研，在与史料的"贴身肉搏"中磨炼研究真本领；我主导的"唐宋官制史料研读"与邓小南教授主导的"宋代政治制度史专题"课程相互补充，构成培养研究生科研能力的双足。在指导学生论文写作的过程中，从本科生的学年论文、学士学位论文，到研究生的硕士、博士学位论文，我都会认真严肃地对待，从选题立意、整体构思到文字打磨，无一不经反复讨论、数度修改。

每个我手把手教过的学生，于我而言都非常珍贵。现在，他们或在历史教育领域深耕，或运用历史学所学在其他岗位发光发热。

对于学生的工作选择，我只祝福，不干预。但是，他们在我身边求学的日子里，我们彼此认真对待，没有互相辜负。我珍惜我的每个学生，愿我们永远保持好奇心、充满创造的欲望、早起去迎接朝阳！

传承有温度的
医学教育

赵扬玉

北京大学第三医院妇产科主任、主任医师、博士生导师,"十三五""十四五"国家重点研发计划重点专项项目负责人,享受国务院政府特殊津贴;兼任中华医学会围产医学分会副主任委员、中华预防医学会出生缺陷预防与控制专业委员会副主任委员、中国女医师协会母胎医学专业委员会主任委员等。近40年扎根临床一线,从事产科危急重症临床、科研和管理工作,长期攻关母胎医学重大临床问题。获华夏医学科技奖,全国妇幼健康科学技术奖,中华医学科技奖卫生管理奖,北京大学教学优秀奖、医学部教学名师奖,"中国最美医生"等奖项和荣誉。

我是北京大学第三医院妇产科的赵扬玉，非常荣幸在这里和大家分享我在教学工作中的经历和感悟。

韩启德院士在其著作《医学的温度》中呼吁，医学中应有温度和人文关怀。在医学教育中，同样需要有温度的教学：不仅向学生传递知识，而且要让其成人、成才，成为具备深厚专业功底、守护生命线的白衣天使。

初始于夏，在烈日骄阳中点燃教与学的热情

从小我最崇拜的人就是我的老师，他们博学、认真、温暖、甘于奉献。老师也因此成为我的职业理想。后来报考大学时，因为妈妈生病，我希望自己能减轻她的病痛，最终选择报考了医学院校。非常幸运，现在能够兼任医生和教师。在近 30 年的教学工作中，我培养研究生、博士后 60 余人。在带给学生新的知识的同时，我也不断与学生共同成长，不断收获幸福感和成就感，同时更加热爱和敬畏教学工作。

炎炎夏日是挥洒汗水的季节，正如我和学生的共同成长过程。学医的道路是漫长的，所有医者都只有苦心孤诣，上下求索，方能在日新月异的知识洪流中站稳脚跟。现在的研究生聪明、勤奋，他们可以从各种渠道获取知识。而作为老师，在不断提高教学水平和

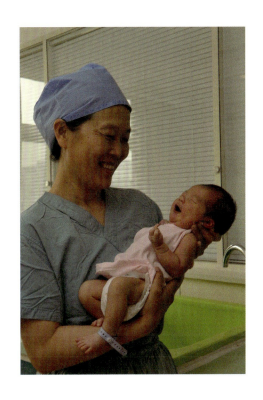

迎接新生儿

教学质量的同时,我也在不断思考如何把最有价值的信息传达给学生、如何在动态更新的医学发展过程中稳步成长,其关键词就是"驱动力"。

医学诊治兼具复杂性、综合性和严谨性。"打铁还需自身硬",扎实的专业知识是持续发展的基础,要在教学中强化对学生专业能力的培养,注重提升学生的综合能力,使之将理论和实践相结合,深入理解和熟练掌握临床决策方法,学会应用正确的诊疗思维来看待、分析和解决问题。强大的学习能力是核心。学与问交互才能达到学问的高度,要以病人为中心、以临床问题为导向,多总结、多思考。

熟稔于秋，在秋高气爽中收获成长

秋高气爽，桂花飘香，果实累累。收获不仅在于数量，也在于质的提升，正如教育中不仅有学问的高度，也有人格的高度。医学教育中有医学知识的授受，更应该有对生命的敬畏和人文关怀。

古语云"亲其师，信其道"。对教师来说，想把学生培养成什么样的人，自己首先就要成为什么样的人。永远都不能忽视言传身教的榜样力量。医者仁心，医生要关心病人、为病人着想。在临床诊治过程中遇到纠结的问题时，可以想想：如果这个病人是我的妹妹，我会怎么做？医学诊治中重要的是团队力量，要在尽力发挥个人才能的同时保持协作，以激发出"1+1＞2"的合力，并向他人学习，在经风历雨的过程中增本领、长才干。

2021年，北京大学第三医院妇产科毕业生欢送会（中）

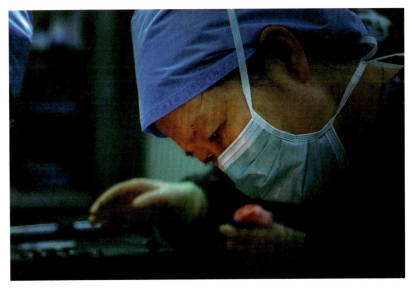

手术中

在抗击新冠肺炎疫情的过程中,让我非常感动的是,我们的年轻医生、学生勇敢担当、挺身而出,成为医护人员的主力军,他们当得起"北医人""三院人"和"医者"的称谓。

沉淀于冬,在寒风凛冽中积蓄力量、攻坚克难

寒冬腊月,万物蛰伏,以待来春。在教学过程中,老师和学生都会遇到各种各样的问题,临床和科研工作中也都有新的挑战。在这些时刻,不能着急,而要保持"大雪压青松,青松挺且直"的韧劲。

对于具体的临床专业问题,大家可以一起探讨、学习。对于学生,重要的是引导他们找到解决问题的方向和方法。遇到问题时最

2022年,学生为老师庆生(第二排左二)

容易出错,但是不能"讳疾忌医",要敢于认错,及时纠正,才能吃一堑、长一智。

现代医学中有很多领域需要攻坚克难,俗话说"江山代有才人出"。学生都是我们国家的卓越英才,老师不仅要尽力提供良好的学习平台,还要提供安全感,让学生敢想、敢闯、敢试,勇于创新!

深耕于春,在和煦春风中延续希望

在生机盎然的春天,要播撒成长的"种子"。我看到,我们的学生们为拉了第一个产钳激动不已,为完成了第一台剖宫产手术高兴至极,为成功发表了文章相聚庆贺,像极了年轻时的我。他们很可爱，很优秀。

时代向前，青年向上。一名老师最大的成就不在于发表了多少篇论文、申请了多少项科研课题，而在于我们培养的人才能够实现自我价值，能够为社会和国家做出贡献，具有国际视野，坚定文化自信，在更大的舞台上发出中国声音。

最后感谢我们北京大学第三医院强大的教学团队和亲爱的同学们，谢谢大家！

做一株小草，
也做一棵大树

周小计

北京大学电子学院教授、博士生导师，国家重点研发计划项目首席科学家，入选教育部新世纪优秀人才支持计划，国家自然科学基金重大科研仪器研制项目负责人、基金委员会重点项目负责人，载人航天工程空间站冷原子首期实验科学项目负责人。长期从事光和原子相互作用下超冷原子的相干操控、量子模拟和量子精密测量以及激光光谱领域的研究，主持的本科生课程"电子系统基础训练"获评国家级一流本科课程（线下），负责全校本科生通识核心课程"电子信息技术实践"。发表 SCI 论文 100 余篇。获北京大学曾宪梓优秀教学奖等奖项。

在信息科学技术迅猛发展的今天，我们的教学改革从未停止。从"电子工艺与测量"到"电路基础实验"，再到当前的"电子系统基础训练"，我们的课程内容始终紧跟时代的步伐，不断更新和完善。我们的改革已经取得了阶段性成果，课程内容和教学方法均获得了显著改善。"电子系统基础训练"课程获评国家级一流本科课程（线下），同时我面向全校本科生开设的"电子信息技术实践"通选课也成为北京大学通识核心课程的一部分，受到广大学生的喜爱。面对课程改革中的诸多困难，我们的教学团队凭借来自不同学科背景的丰富经验，充分发挥每位教师的专业特长，根据"新工科"教学改革政策，以培养引领未来的行业领军人才为目标，对课程进行了大幅度的升级改造。这不仅极大地激发了学生的学习兴趣，也为他们的创新能力和实践技能的发展奠定了坚实的基础。我们教学团队付出了巨大的努力，也收获了丰硕的成果。我们相信，通过不懈的探索和创新，我们的课程将能够更好地满足学生的需求，为他们未来的学术和职业生涯铺平道路。

戴圣在《礼记》中提道"教学相长也"，这不仅是对教学活动的深刻理解，也是对教育者角色的明确定位。"教学"一词本身就蕴含了"教"与"学"，是一个双向的过程。因此，要想实现高质量的教学，我们既要好好传授知识、引导学生，又要不断学习、取得进步。这个目标很宏伟，也很朴素，归根到底就是要不断提升自身素养，做好学生的引路人，帮助学生成长为可担当民族复兴大任的

在本科生"电子系统基础训练"实验课前进行讲解(中)

时代新人。

  作为教育者,我愿做一株小草,扎根教育的土壤,与学生并肩成长。我的课程设计注重高阶能力的培养,旨在提升学生解决复杂问题的综合能力和高级思维水平。课程内容既具有创新性,又紧密结合软硬件技术,体现学科前沿水平和时代精神;同时,课程的挑战性也得到了增强,注重通过实验对抗比赛等形式,使学生在实践中提高自己的能力。我们摒弃了传统的强调知识验证的基础实验训练,创新性地采用"自顶向下"的教学思路,着眼于学生熟悉的顶层应用系统,设计实验内容,使其更加生动、具体,便于学生理解和接受。这样的教学设计容易激发学生的学习兴趣和成就感,从而为后续抽象的专业知识学习建立整体性的、实用性的和直观性的知识图谱。以智能小车比赛实验为例。我并没有为学生设定标准答案或者最优解,而只是提供了一个大概的思路,鼓励他们在此基础上不断探索和优化。学生们在这一过程中展现出的创造力和解决问题的能力，总能给我带来惊喜，我想这就是对于我们的教学最好的回应。

在教学过程中，我最享受的时刻就是阅读学生的实验报告，与他们交流心得和想法。比起告诉学生正确与否，我更喜欢引导他们发现存在的问题。学生们在小学、初中、高中以及大学期间会上很多课，但随着时间的推移，很多内容可能都已经忘记了。如果我们的课程能触动他们的心灵，给学生留下深刻印象，那么这节课就是成功的。随着年龄的增长，其实老师也越来越容易墨守成规。但值得庆幸的是，我们的学生都是朝气蓬勃、独一无二的，在交流时，他们的思维、他们的想法往往也会让我的心态变得年轻。不去模仿，勇于创新，也是我们实验课堂的基本要求。北大的每位学生都是非常优秀的，但在传统的教育中，学生们更擅长的是"模仿"，也就是在有准确答案的基础上去答题、考试，一切都有固定的模式。然而，在实验中最重要的是探索与创新。通过这门实验课，我们希望帮助刚进入大学的学生培养"向结果靠近"而不是"向对错靠近"的思维。因此，和学生并肩而行，扎根在教学一线，密切关注学生所念所想，像一株小草一样与学生共同成长，是我一直以来在教学中坚守的信念。

作为北大的一员，我虽不敢妄称大师，但我愿做一棵大树，为学生提供养分，引导他们深耕科研。梅贻琦先生曾有言："所谓大学者，非谓有大楼之谓也，有大师之谓也。"我深感其意，认为教育的精髓在于大师的引领与启迪。在北大这片学术的沃土上，我虽是万千小草中的一株，但也要挺起像树一样的脊梁，让教学超越课堂，延伸至实验室，乃至生活的每一个角落。我致力于助推学生在

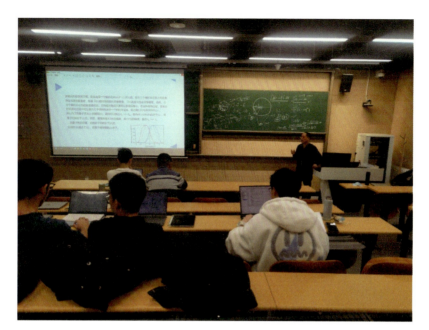

研究生"激光光谱学"课堂讨论

科研道路上走得更远,为中国科研做出更多的贡献。科学研究的魅力在于不断挑战与突破,它要求我们不带目的地探索未知领域,去求真、求美。面对科研中的艰辛与寂寞,我常告诫学生,如果做科研不可避免要坐"冷板凳",那就沉下心来"把冷板凳坐热",在点滴平凡中开出花朵。我的科研工作主要集中在量子模拟和量子精密测量领域。为了更好地利用原子或者分子的物理特性,我们需要将几百开尔文室温下的原子不断冷却,从而达到毫开尔文、微开尔文、纳开尔文,每一步深入冷却都要求我们使用新的原理和新的方法。因此,对于未知的事物,我总是鼓励学生努力去把它研究明白,每当对问题有一点点深入的了解时,我和学生都会欣喜若狂。我要求研究生在进行科研选题时一定要突出创新性,要与已有工作思路和方案形成差异。

在西班牙贝纳斯克参加原子电子学会议期间

  2022年10月31日，我校与中国科学院共同实施推进的"超冷原子柜"成功搭载空间站"梦天实验舱"升空，这标志着我国成为第二个将超冷原子柜带到太空的国家。这一成就为我国的空间原子物理基础研究和量子技术应用奠定了基础，这也是进一步将原子的温度冷却到皮开尔文的科学尝试。我校冷原子科学实验团队中的多位博士生参与了本次项目，我们共享了系统按照要求到达空间站运行时欢呼雀跃的瞬间，这让学生在教与学的互动中感受到了学科的魅力，树立了报效祖国的志向。我想，这就是教师最幸福的时刻。随着党和国家对科研日益重视，国内的科研氛围日益浓厚。中国科研的道路虽然漫长，但前景光明。在科技生产力蓬勃发展的时代潮头，创新的价值愈发彰显。我将充分利用北大多学科交叉、多类型人才荟萃的优势，为学生插上原创性的翅膀，启发他们思考与

在英国斯特灵大学访问期间

探索,为中国科研贡献更宝贵的智慧,引导学生深耕科研,让思维的火花在实验室的每一个角落迸发。像一棵大树一样为学生提供养分,让学生不断汲取力量并结出累累硕果,是我一直以来在教学中坚守的另一信念。

梁启超曾指出:"何谓大我?我之群体是也。何谓小我?我之个体是也。"我愿为一株小草,在三尺讲台躬耕不辍,有一分热,发一分光,做好自己的本职工作,与学生共同成长;更愿做一棵大树,弘扬教育家精神,心系中国科研的未来,教书育人、培根铸魂,为培养堪当民族复兴大任的时代新人贡献自己的力量!

传道授业，
志在星辰大海

宗秋刚

北京大学空间物理与应用技术研究所所长、行星与空间科学研究中心主任，亚洲大洋洲地球科学学会（AOGS）日地科学（ST）分会主席，享受国务院政府特殊津贴；担任欧洲空间局（ESA）和美国国家航空航天局（NASA）等单位的 6 项国际空间计划的合作科学家。主要研究领域包括磁层物理、空间天气学和空间探测，参与中国的地球空间双星探测计划。出版《日地空间物理学》等著作，发表 SCI 论文 450 余篇（含 *Nature* 子刊论文 10 篇），总引用量超过 12000 次。获维克拉姆萨·拉巴依金质奖章（2018）、汉尼斯·阿尔文奖章（2019，首位华人）、国际日地物理委员杰出科学家奖（2020）三项空间物理领域最负国际声誉大奖，全国优秀教材奖，北京市师德先锋、优秀教师，北京大学"十佳教师"等奖项和荣誉。

非常荣幸能在这里与大家分享我教书育人的经历。我们正处在一个前所未有的"大宇航时代",在这个时代,人类对于宇宙的探索已经达到了前所未有的高度。这个时代需要的是具有创新精神和开拓勇气的"新人"。在教学生涯中,我见证了一个又一个新人的成长。

实践出真知

空间物理学作为一门实验学科,研究中需要发射不同的航天器到太空中进行探测。然而,大量空间探测载荷的关键技术长期被他国垄断,严重制约了我国航天强国的建设。因此,我从教以来最骄傲的事情之一就是培养了一批空间探测技术领域的创新型人才,并带领他们突破多项关键技术,研制出了能量电子谱仪、千线阵列中性原子成像仪等一系列新一代空间探测载荷。在这个过程中,不仅有汗水,也有泪水,我和学生们付出了大量的努力,才取得了今天的成绩。我总是鼓励学生们要从本科生阶段就开始进入实验室,在实际工作中找到自己的兴趣点和未来努力的方向。我的学生叶雨光,从本科阶段就开始参与研发风云三号 E 星搭载的中能电子探测器,后来在风云卫星、北斗导航卫星、澳门科学一号卫星等搭载的十几台不同类型的能量电子谱仪研制中担当重任。在这个过程中,叶雨光积累了丰富的有效载荷设计经验,也培养了攻坚克难的宝贵

在介绍中性原子探测器

品质。目前,他已成长为独当一面的科研人员,他负责研制的正负电子谱仪已于 2024 年 1 月搭载未名一号卫星被成功发射升空。

学而不思则罔

在教学和科研过程中,我非常注重培养学生独立自主的创新精神。我始终认为,教育不仅仅是传授知识,更重要的是激发学生的独立思考能力和批判精神。我在教授研究生课程"磁层物理学"的过程中,除了正常的授课和布置作业之外,还会给每位学生布置一个相关的研究课题,让他们在上课的过程中开展一些研究和探索工作,经常有学生课后在我的指导下进一步把研究成果整理成科学论文,并发表在空间物理学领域的国内外专业期刊上。在这个过程

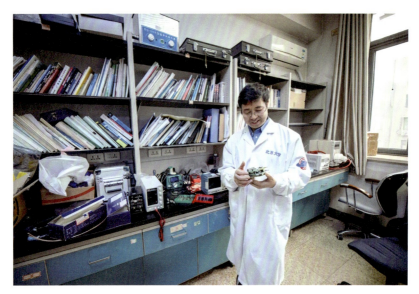

在介绍探测器元器件

中，学生们既要学习知识点，又要思考如何将课程里的内容切实地与科研工作结合起来。

此外，我还会组织学生每周进行一次文献阅读，讲述空间物理学领域最新的研究进展。在这个过程中，我常常提醒学生们：不要盲目相信文章的结论，要有质疑精神；要发现别人并未注意到的现象，进行研究和验证，得出自己的结论。我的学生刘志扬，就在这种思路的引导下进行了很多科研工作。博士期间，他以第一作者身份在 *Nature* 子刊发表论文2篇，发表SCI论文13篇。他的许多工作基于在文献阅读的过程中获得的启发。那些看起来枯燥的基础工作，都是他厚积薄发的本钱；那些一刻不停的思考，都是他豁然开朗的前提。丰硕的成果帮助他建立了在科研道路上的信心。现在，他已经远赴法国深造。相信他在未来会开展更多高质量的研究工作，成为卓越的科学家。

因材施教

每个学生在不同阶段需要的指导和鼓励有所不同,我会长期关注学生的成长,尽量给予他们充分的尊重与合适的帮助。比如我的一个本科生,学习十分努力但自信心不足,因此我不需要过多督促她,但是会经常给她肯定与鼓励,并在学习方法上多做指导,如建议多读文献、静下来加深思考等。她在跟我做本科生科研期间,就发表了 SCI 论文 4 篇。随后,她去美国读博士,做博士后、助理研究员,每次开会,一有机会,我都会询问她的工作进展,继续给予鼓励和建议。当我发现她有能力及意愿回到北大任职时,我在不失公正的前提下鼓励她回来,她现在北大任助理教授。这个阶段,我会始终提醒自己要把她当成平等的同事,尊重她的独立性,并鼓励她在工作中充分发表见解、发挥作用。同时,当她在教学、指导学生、扩展科研方向等方面遇到困难时,我会分享我的经验,适时、适度地进行建议。相信她可以继续进步,成长为优秀的学者和老师。

北大的教育理念中包含了培养学生全面发展能力的思想,北大的发展与国家的命运息息相关。我常常与学生在学术研究之余探讨社会问题,关心国家的发展和社会的进步,以培养学生的家国情怀,让学生将来能够承担起服务国家发展的重任。在这样的氛围的熏陶下,我的学生赵亮立志做一个服务社会的人。他在毕业后成为一名地方领导干部,用自己的所思所学解决社会问题,发展经济,服务人民。他在国家级经济开发区发挥自己理科生的学科背景优势,积极甄选有真材实料的科技项目,进行大力扶持,揭露虚假包装的"假大空"项目,避免社会资源浪费,将有限的社会资源导入实实在在有发展潜力的产业项目,为经济社会的健康发展做出了贡

生活照

献。在地方社会治理过程中,他不忘初心、牢记使命,积极与损害国家和人民群众利益的歪风邪气做斗争,匡扶正道,保障社会公平正义。在疫情期间,面对感染风险,他带领干部同事,身先士卒,积极抗疫,在前线高效调动物资,确保当地社会的顺畅有序运转,为保障社会稳定大局做出了贡献。

一花独放不是春

自 2007 年进入北大起,我已经培养出许多优秀的人才。多位青年才俊担任了国内外科研院所重要的科研职务,如北京大学研究员周煦之、山东大学教授史全岐、中国地质大学(北京)教授任杰和美国阿拉斯加大学前终身教授张慧等。多人获批国家自然科学基金委杰出青年科学基金、优秀青年科学基金项目，入选教育部新世纪优秀人才支持计划、国家"万人计划"青年拔尖人才等。在读研究生中，绝大多数已经在空间物理学领域的国际知名期刊发表多篇优秀论文，获得国家级、校级奖励奖金，多次出席国际学术会议并做邀请报告。

此外，我也积极引导学生们发挥自己的专长和优势，做好空间科学知识的普及和宣传工作。我们主持的空间物理与应用技术研究中心相关微信公众号就是一个很好的例子。通过这个平台，我们发布了大量前沿报告、学科进展情况以及师生的研究成果，让更多的人了解了空间科学的魅力和价值。同时，我们还针对热点新闻事件进行解读，帮助公众正确理解和认识空间科学领域的相关问题。这些工作不仅提高了公众的科学素养，也扩大了空间科学在社会上的影响。在疫情期间，我们开始组织线上空间物理系列讲座，邀请国内外优秀学者为学生们讲授他们的科研工作和经验。这个系列讲座目前已经开展了 7 季，约 140 期，开阔了学生们的视野，获得了同行们的高度认可。

最后，我想说的是，作为一名教育工作者，我始终坚信教育的力量和价值。我相信，只要我们用心去教育每个学生，用心去培养他们的创新精神和实践能力，他们就一定能够成为国家自主自强的有生力量，为我国的科研事业和社会发展做出贡献。同时，我也希望每个学生都能够珍惜在校学习的时光，努力提升自己的综合素质和能力水平，为实现自己的人生目标和梦想而努力奋斗。